僕と君の365日

優衣羽

ポプラ文庫ピュアフル

JN159679

世界は色で満ちあふれている。
街を歩く人々や変わる季節、
感情だって鮮やかな色がついている。
君の唇から紡がれた言葉は、
当たり前を繰り返していたこの世界に
愛という輝きをもたらした。
三百六十五日。
君と過ごした世界は、
美しい想いであふれ返っていた。

CONTENTS

窓際に輝く

まるで雪のようだ。真っ白な桜が、アスファルトの上に絨毯のように広がっている。あれほどまでに世界を染め上げていた花は、昨日の雨で見るも無残な姿になり、枝の隙間から空を覗かせていた。

二週間ぶりに紺色のジャケットに袖を通したけれど、自分の色を決められているような気がして好きになれなかった。玄関の姿見に目をやると、藍色のネクタイとアイロンがけをされた白いシャツがコントラストを描いている。チェックのズボンは灰色で、今の気持ちを代弁しているかのようだ。

通学鞄の持ち手を両肩に通してリュックのように背負い、家を出て歩きはじめた。濡れたアスファルトを踏みしめる度、水音が耳に響き、春休み明けの憂鬱な気分がさらに加速する。

いつもの通学路や路地裏に交差点、校舎前の長い坂道まで、世界を白い桜が埋め尽くしている。桜が薄桃色に見えないことに、一切の疑問はなかった。ソメイヨシノという品種は色が薄い。光の反射でそう見えるだけだろう。太陽に反射してきらきらと輝いている様子に目を細めた。

「なにぼーっとしてるの」

女子特有の甲高い声が聞こえると同時にジャケットの裾を摑まれ、体が傾いた。顔も見ずに、はあ、と思わずため息をついたが、傍らの彼女はそれに気づくことなく話を続ける。

「蒼也《そうや》、十七歳おめでとう！」

「ありがと。……部活は？」

誕生日を祝う言葉にさえ気分が上がらないまま、ようやく顔を向ける。すると、自分と同じ紺色のジャケットを着て藍色のネクタイを緩く締め、校則より短い膝上のチェックのスカートをはくいつもどおりの彼女がいた。肩に大きなスポーツバッグをかけ、ショートボブの髪が歩く度に揺れる。

「今日は始業式だから、バスケ部の練習はありません！」

「じゃあ、なんでスポーツバッグなわけ」

「だって普通の通学鞄、買ってないから」

「あ、そう」

彼女は浅田里香《あさだりか》。小学生のとき隣に引っ越してきた里香は、とにかく面倒な人間だった。ただ隣に住んでいるだけなのに、暇さえあればつきまとってくる。まるで犬のようだ。

「すごいねー。桜の絨毯だ」

「ソウデスネ」

桜の話をする里香を見ず適当に返事をする。これもいつもどおり。

「里香、桜独特のこの淡いピンク好きだな」

「なんでだろう。お前が言うとちっとも共感ができない」

「ひどーい!!」

頬を膨らませて文句を言っている里香のことは嫌いではないけれど、好きにはなれない。これは彼女と話す度に感じることだ。長年一緒にいるので原因がなにかはわかっている。

幼い頃からバスケットボールをやってきた彼女はみんなから慕われているが、気に入らない子をはぶいてひとりにするなどいじめに近いことをしていた。それがどうしても受け入れられないのだ。そして、人によってコロコロと態度を変えて媚を売るところも。

かといって、根本的な性格が悪いわけではないから嫌いになれない。だって、彼女のような人間は世の中にごまんといるから。

さらに、好意を抱かれていることに気づいてしまい、最近は一緒にいるとなんとなく居心地が悪い。でも、そういう目で見たことはないし、気持ちに応えるつもりもない。

幼い頃から一緒にいれば、お互いのいいところや悪いところはいくらでも目につく。恋心など芽生える隙などなかった。

「蒼也ー、同じクラスになれるといいね」

「んー」

ニコニコと笑みを浮かべながら話す里香に対し、あいまいな返事をした。

そして今日も向けられる気持ちに気づかないふりをする。里香についていろいろと思うところがあるとはいえ、自分もなかなか酷い人間だ。ふっと自虐的に笑った声は、春風が消し飛ばしていった。

「お、来た来た。蒼也ーおめでとう」

里香と並んで歩いていると、校門からこちらに手を振る男子生徒の姿が見える。

「翔《かける》か、サンキュ」

黒い短髪に、まだ肌寒い四月だというのにシャツの腕を捲り、第二ボタンまで開けている。制服を着崩したいつもの格好で、中学からの友人、矢田《やだ》翔が駆け寄ってきた。

「うわ、里香も一緒かよ」

「悪い？」

「いや、べつに」

相変わらずな翔の軽口が辺りに響く。翔は強豪校であるうちのサッカー部のエースで女子に絶大な人気を誇る。いつも女をとっかえひっかえしていて、その手のトラブルに何度も巻き込まれたが、擁護できたためしがない。だいたいの場合、こいつが悪いからだ。

いつも僕のところに面倒事を運んできては泣きついてくる翔は、同級生でありながら、世話の焼ける弟のような存在だ。

「そういえば、クラス替え見た？」

「いや見てるわけないだろ、今来たばっかだぞ」

「だよねー、ということで俺が見てきてあげました！　蒼也は俺と同じB組です！」

意気揚々と答える翔に、里香は顔をしかめる。

「里香のクラスは？」

「あーたしかE組、とりあえず俺たちと同じクラスではない」

「はぁー!?」

翔に睨みを利かせてから、里香は下駄箱の前にあるクラス表が貼り出された掲示板へと駆けていった。

「で、お前は確認しにいかなくていいのか？」

「べつに。翔が見にいったんだろう、ならそれでいいよ」

「相変わらず冷めてるなあ」

翔と話しながら上履きに替え、校舎に入る。階段を二階分上がれば、二年生の教室が目に入った。

「そういえば」と翔が思い出したように声を上げた。

「なんだよ」

「いや、進学科からな、あの立波緋奈《たちなみひな》が下がってくるらしい」

「立波緋奈って、あの？」

「ああ、あの」

うちの学校には進学科というとんでもなく頭がいいクラスと一般的な普通科がある。立波緋奈は入学してからずっと進学科、さらに学年トップの成績で有名な女の子だ。進学科は普通科と教室が離れているため姿は見たことがないけれど、噂は幾度となく耳にした。

「すごいかわいいぞ」

「おいおい、次のターゲットかよ」

「いや、無理だろ。堅そうだし」

「そうだな、お前チャラいもんな」

「なんだよー」

そう言いながら肩を組んできた翔を一蹴して、教室のドアを開ける。その先に、慣れ親しんだ面子や知らない顔の生徒たちが目に入った。

しかし、なにかがおかしい。クラス替えをしたばかりとはいえ、朝のホームルームが始まる前、いつもならもっと騒がしいはずの教室の中がどこか静かだ。控えめに話しながらもちらちらと窓の方を見ている彼らの目線を辿ると、ひとりの少女に行きつく。

窓際の前から四番目の席に座っているのは、周りとはどこかちがう空気を纏った見たことのない子だった。長く綺麗な黒髪、細くしなやかな体に陶器のような肌。――まるで人形のようだ。その子は窓の外を見つめている。

「いえーい！　また一緒だなー！」

教室が異様な空気に包まれているのに気づくことなく、翔は友人たちのもとへ駆けていく。相変わらず馬鹿というかなんというか。翔がクラスメイトと絡み出し、あっという間に教室は騒がしさを取り戻した。先ほどまでの静けさが嘘のようだ。

仕方なく黒板に書かれていた座席表で自分の席を確認して向かうと、その子の隣だった。なぜか緊張感が襲ってくる。

「ねぇ」

振り向いた彼女に突然話しかけられ、窓の方を向く。大きな目と長い睫毛――少し茶色がかったその瞳に吸い込まれそうになった。

「あなたの髪色、綺麗ね」

言葉が出てこない。

「え？」

一瞬にして君に心を奪われてしまった僕がやっと口に出したのは、なんとも間抜けな声だった。しかし、君は気にしていない様子で話を進める。

「その髪、太陽に当たって反射して輝いてた。とっても綺麗」

そこで疑問が生じた。僕の席は窓際から二番目の列、前から数えて四番目。一番窓側に座る左隣の君が日光を遮っているから、今、自分の髪に陽は当たっていないはずなのだ。

「あなたが校門で話してるところを上から見てたの。そのとき思った」

考えていたことが顔に出ていたのか、上目遣いに僕を見ながら君が言葉を続ける。なるほど、たしかにこの窓の斜め下には校門が見えた。

「初めまして、新藤《しんどう》蒼也くん」

「なんで名前知ってるの」

「隣の席だったから覚えたの」

君はお手本のような美しい笑みを浮かべた。

「私は立波緋奈。一年間よろしくね」

「え……」

数分前の友人の言葉を思い出す。

『進学科からな、あの立波緋奈が下がってくるらしい』

ああ、なるほど。どうりで周りとはちがうと思ったわけだ。高嶺の花とはこういう人を表す言葉なのだろう。彼女の教室での浮き方は、べつに嫌なものではなかった。

「あー、えっとよろしく。立波。ところでひとつ質問してもいい？」

「ええ、どうぞ」

「あのさ、立波はさ、なんで成績トップなのに普通科に来たの？」

「ああ、勉強する必要がなくなったから。それだけだよ」

どういうことだろうと疑問に思っていると、君は言葉を続けた。

「勉強よりもほかにやりたいことができて」

「へえ」

席に着いた僕は頬杖をつき、左隣の君を見れば、柔らかな春の光が君の机に差し込んでいた。

「家が厳しかったから、今まで学生らしいことはなにひとつできなかったの。だからどうせなら普通科に入って、こう、好きなことしたいなと思って」

「お嬢様の反抗みたいなものか」

「お嬢様ではないけど。まあ反抗っていうのは正しい表現かも」

話を聞いていると、自分と同じ世界にいる感じがしなかった。本物の金持ちとはこういうものかとひとりで納得してしまう。

話しはじめれば嫌みもないし、気難しくもない。いたって自然体だ。でも、黙っていると、とっつきにくい印象を与えるのだろう。だからみんな遠巻きに見ていたのだ。

ガラッと教室のドアが開き、教師が入ってくる。一年生のときと同様、阿部《あべ》啓二《けいじ》先生が今年も担任のようだ。去年と同じく、始業式にもかかわらずジャージ姿で教壇に立ち、大きな声を響かせる。

「ほら席に着けー。ホームルーム始めるぞー」

「えええー、また阿部ちゃんかよー」

「なんだ嬉しいだろう、矢田」

「全然嬉しくないっす」

翔の声にクラスのみんなが呆れた様子で笑う。かく言う僕も、同じように呆れていて、また変わらぬ生活が始まるなと思った。

あっという間に一日が終わり、授業終了のチャイムが鳴る。今日は午前授業のみだ。とくに用事もないので、早く帰ろうと思い立ち上がると、君が話しかけてきた。

「早いね」

「いや、翔に捕まったらあいつが部活行くまで付き合わされるから」

そのまま一緒に教室を出て、廊下を並んで歩く。「仲良しね」と君は微笑ましそうだ。

「仲良いというか腐れ縁というか」

階段を下り、下駄箱で靴を履き替えて外に出た。朝より暖かくなった生ぬるい春風が、花の匂いを纏わせて頰を掠めていく。

「蒼也くんは部活には入ってないの？」

「ああ、昔ちょっと怪我しちゃって。普段の生活に支障はないけど、激しいスポーツは駄目で」

「そっか。大変だったね」

変わらず隣に並んで歩く君が目を伏せて言った。長い睫毛が動く様が綺麗で思わず目がいった。

「立波ってどこに住んでるの？」

話題を変えようと僕は問いかける。可もなく不可もないような、つまらない質問だった。

「隣町の東雲町《しののめちょう》。バス使ったり歩いたりかな。徒歩でも三十分くらい」

「俺、白藍町《しらあいちょう》。すぐ近くじゃん」

意外なことが聞けた。大したことでもないのに、なぜか少し嬉しくなる自分がいた。

「蒼也くんは徒歩？」

「そう。二十分弱で着くけど、時間ないときは自転車かな」

自転車は便利だし、毎日乗りたいくらいなのだが、学校前の上り坂で心が折れてしまうため、たまにしか使わなかった。

「てか東雲町って高級住宅街じゃん」

「そうかしら」

「そうだよ、あそこら辺、医者とか政府のえらい人とか住んでるって」

東雲町は丘の上にある高級住宅街で、豪邸が軒を連ねている。そんなところに住むにはお金に余裕がないと難しいだろう。

「ああ、私の父は医者よ」

「なるほど。そういうこと」

君がお金持ちという事実に納得する。同い年とは思えない品があるからだ。教室での浮き方は、進学科から落ちてきたということだけではなくて、醸し出す雰囲気もあったのだろう。

学校前の桜並木の坂を下っていく。白い花びらが足もとを支配していた。

「桜、散ったな」

なにげなく言うと、君はこちらを向いて立ち止まる。春風が長い黒髪を攫っていった。

「立波？」

「……桜を散らしていく雨のこと、なんて言うか知ってる？」

「それ昔、誰かに教わった。えっと……」

「桜流し」

――桜流し。聞き覚えのある単語だった。

「それだ」

指をパチンッと鳴らし、僕は歩きはじめる。少し遅れて君はうしろをついてきた。

「咲き誇った桜を散らす雨。素敵な名前だよね」

うしろを振り返り、同意の意味を込めてうなずく。

「でも桜流しって表現は綺麗だけど、ちょっと悲しいよね」

「まあ。桜好きなの?」

いつの間にか再び隣に並んでいた君は一瞬、目を見開き、アスファルトの桜を見た。その瞳はどこか寂しそうだった。

「好きだよ。大事な思い出があるから」

「そっか」

ドキッとした。伏せた睫毛の奥に見える寂しげな瞳が綺麗だったから。

「白いけどな、今年の桜」

「……そう?」

「おう、やけに白く見える」

「……そっか。あ、私こっちだから」

やがて十字路に着き、君が左を指さす。どうやらここでお別れらしい。

「じゃあ、また明日」

「うん、また明日」

遠くなっていく君の背中が見えなくなるまで見送る。くるりと背を向けて歩き出した道はやはり、白く染まっていた。

それから十分ほど歩いて腹の虫が鳴りはじめた頃、見慣れた自宅に到着する。ポストからはみ出たチラシが目に入り、開けて中身を確認する。ダイレクトメールや広告の中、ひとつだけ異彩を放つ黒い封筒を見つけ、手が止まった。

「おい、嘘だろ……」

封筒に書いてある自分の名前を目にして、頬が引き攣る。持っていた郵便物が手からすり抜けて地面に散らばった。

世の中にはさまざまな病気が存在する。治療法が確立されていない病は多々あるが、患者数が少ないながらも、その異常さから有名になった不治の病がある。誰にも気づかれることなく緩やかに死を迎える病気——無彩病《むさいびょう》だ。

十年前からはやり出した原因不明の病。はじめはある一色から色を認識できなくなって、やがてすべてがモノクロに変わり、一年ほどで死に至る。原因は不明で発症の理由もわかっておらず、発症率は十万人にひとりと言われている。

日本の総人口は約一億二千万人。そのため千二百人程度の患者がいるはずだが、約一年しか生きていられないので、実質もっと少ないことになる。

かかる可能性はほとんどないが、避けられない死という脅威は、人々を恐怖に陥れるには十分だった。

政府はこの状況を重く受け止め、実態を把握するために、五年前から学校や会社で年に一回の色彩感知テストを実施している。そして異常が見つかった者に、無彩病患者でも最後まで見ることができるふたつの色、白と黒のうち、黒を使った封筒を送り通知する。これが『黒の手紙』。

――別名、死の手紙だ。

黒の手紙を握りしめながら、玄関の前で呆然と立ち尽くしてしまう。

「そんな、冗談だろ」

額に冷や汗が浮かんでくる。震える手で封を切れば、一枚の紙切れが出てきた。そこには簡潔な文面と近所の総合病院の名前が書いてある。

「『色彩テストにて気になる点が見つかりましたので、該当の病院にて診察を願います』……」

ぽつりと口に出して読んだ瞬間、うしろから声をかけられた。

「にいに、どうしたのー」

驚いて振り向けば、五歳の妹のゆずと母親が立っていた。幼稚園から帰ってきたところなのだろう。

「本当、どうしたのよ。ぼーっとそんなところに突っ立って」

けげんな表情でチラシを拾う母とまだ幼い妹の顔を見て、現実に引き戻された。

慌てて封筒を背中に隠し、Yシャツとズボンの間に挟み込む。覗き込んでくる母に両手を出してなにも持っていないようなジェスチャーをした。

「なにかあったの？」

「あー、ちょっと風邪気味で」

「やだ、大丈夫？」

額に手を伸ばしてきた母をゆっくりと避ける。

「大丈夫、大丈夫。でも念のため病院行ってくるよ。ゆずにうつしたら大変だし」

「車出すわよ」

「いいよ、大丈夫。本当に軽いし……。ほ、ほら緑太《りょうた》ももうすぐ帰ってくるだろうから家にいた方がいいだろ」

四つ下の弟の名前を出せば、母は考える素振りを見せはじめた。その間に僕はさらに距離を取る。

「……本当に大丈夫？」

「うん、ちょっと行ってくる」

笑いながら手を振り、来た道を戻る。角を曲がった瞬間、封筒を手に取り握りしめ、家から三十分弱の東雲《しののめ》総合病院まで、全力で足を動かした。走って走って、目の前に見えた病院の大きな自動ドアにぶつかりそうになりながらも駆け込んだ。

「はあっ……はあっ……」

院内に入ると思わず膝に手を置いて口もとを拭った。乱れた息を整えて前を向く。膝が痛むがそんなことにかまっている場合ではなかった。強がらないと、前を向かないと、なにかに負けてしまいそうな気がして。

おぼつかない足取りで総合受付に向かい、黒い封筒の中に入っていた用紙を差し出せば、少し待っていてくださいと待合席に促された。

座って待っている間、心臓がこれ以上ないくらいに脈を打つ。空腹は、気づけばどこかに消えていた。どうか、嘘であるようにと小さく震える手を握りしめて願う。目を閉じて、普段はしない神頼みを何回しただろうか。

いつの間にか時間は経っていて、僕を呼ぶ声に体が跳ね上がった。

「新藤蒼也さん、診察室一番にお入りください」

受付の女性に促され、数字で一と書かれた診察室の扉を開ける。

「初めまして」

低い声で話すのは、四十代半ばの整った顔立ちをした男性医師だった。

「詳しくお話をしたいので、場所を移しましょう」

奥へと通じる扉へ歩き出す背中を追いかけるように立ち上がり、後を追う。

「今日は親御さんと一緒じゃないんですか？」

僕ひとりだということに疑問を持ったのか、乗り込んだ職員用であろうエレベーターの中で聞かれる。

「来ていません」

「では、その手紙のことは知っていますか？」

「言ってません」

ふうっと先生のため息が聞こえた。そしてエレベーターを降りた後、いくつかの角を曲がり、部屋に通される。棚には無数の本が並び、机には書類が山のように積まれていて、先ほどのすっきりとした診察室とは雰囲気がまるでちがっていた。

「ここが無彩病の研究を進めている、私の研究室です。このフロアは病院内でも通常は患者の立ち入れないエリアです。どうぞ楽にして座ってください」

言われるがままに椅子に座ると、先生は目の前の席に腰かけ、眼鏡をかけた。

目の前にはノートパソコンが置かれている。

さて、と一言言って先生は僕に向き合う。

「色彩感知テストの結果で異常が見つかったため、来ていただいたとのことですが、新藤くんは、人間がどうやって色を見ているかわかりますか？」

「は？」

思わず、素っ頓狂な声が出た。そんなことを聞かれるなんて思ってもいなかったのだ。

「人間の目の網膜には錐体《すいたい》細胞というものがあります。この細胞は特定の波長を感じることで脳に情報を伝え、今、私たちが見ている世界の色を形作っているんです」

「………」

「人間が見ることができるのは四百から八百までの波長域なんです。まあ、難しいことは置いておいて、本題に入りますよ」

そう言いながら先生がパソコンを起動し、マウスを何度かクリックすると、画像が出てきた。僕に見えるよう画面をこちらに向ける。

「今、赤、緑、青の円錐が映ってるのはわかりますね」

「はい」

「人はこの三つの色の細胞から混色して、今見ている世界の色を作り出しています。しかし、この錐体細胞が少しずつ死滅していき、最後に世界は灰色になり、やがて謎の死を迎える。それが、無彩病です」

「……はい」

気づいてしまった。すでに真っ白に見えるものがひとつだけあることを。いや、医師の言葉の通りなら、白に見えるが実際は薄いグレーなのだろう。そして、この後続く言葉にも予想がつき耳を覆いたくなって両手を上げるが、現実は待ってはくれなかった。

「データを見ると、君の見えなくなった最初の色は桜色。新藤くん、君は無彩病です」

日常は突然に崩れていった。

病院を後にして、日が暮れた水標《みはなだ》公園でひとりベンチに座ったまま、ぼんやりと桜の木を見る。家から歩いて十分のところにある、桜の名所でもある公園には水色という意味を表す名前がついていた。幼い頃から何度も訪れているこの場所は、いつしか僕のお気に入りの場所になっていた。

先ほど宣告された言葉が、どうしても飲み込めなかった。ただ、漫然と時を過ごす。真っ白な桜の木は僕の気苦労なんて知らないらしい。

悩んだときや行き詰まったとき、ここにやって来ては時間の流れに身を任せてきた。しかし、今日はどうだろう。自分を囲っている真っ白な桜と地面に落ちている花びらはすべて、僕には死の色に見える。無情にも告げられた現実を、信じたくないのに理解してしまっている自分が嫌だった。

手に持ったままの黒い封筒と数枚の書類を見る。一枚の書類にはカラーパレットが描かれていた。色鮮やかに見えるカラーパレットの中、一か所だけ見えない色があった。

『最後に見えなくなる色は最初に消えた色の反対色であり、その一番薄い色』

この病気の解説の一部には、そう書かれている。最初に消える色は例外として、色はどんどん抜けていくように消え、通常は濃い色から先に見えなくなるとご丁寧に真っ黒な文字で現実を突き付けてくる。

つまり、桜色が最初に消えた僕の最後に見える色は水縹色。なんの因果か、この公園の名前と同じだった。

立ち上がってカラーパレットの描かれた書類をびりっと破る。丸めてゴミ箱に投げた。それは綺麗な放物線を描きながらゴミ箱に吸い込まれ、静寂の中、かさっと音を立てた。その音で我に返りしゃがみこんだ。

突然終わりを告げられた日常に対し、どんな反応をすればいいのかわからない。視界に入った地面は黄土色だった。いつか、この色さえも消えるのか。見えるものすべてがモノトーンになって死ぬのだろうか。

僕は呆然としたまま立ち上がり、家路についた。

顔を上げずに、玄関を開ける。リビングには母がいて、具合はどう？　と言ってきたので曖昧に笑って返した。無彩病だということを口にしようとしたが、開いた口から音が出ることはなく諦めて言葉を飲み込む。

伝えるのが正解だろう。けれど僕は嫌だった。言ってどうする。言葉にするということは自分の病気――死を認めるということだ。そして、家族に別れの準備をさせることになる。それが嫌でたまらなくて、母に背を向け二階の自分の部屋に逃げ込んだ。

入り混じった感情は言葉にできず、暗い部屋に溶けていった。

1/365日

昨夜はなかなか寝つけず寝坊してしまい、新学期早々、午後からの登校となった。こんなことは初めてだった。

高校に向かっている途中、ひととおり説明を受けた後の医師とのやり取りを思い出す。

「ご家族には私から説明しましょうか」

「必要ない」

「せめてご両親には伝えないといけませんよ」

「言わない」

「……新藤くん」

医師は頭を抱えたが、僕は主張を曲げる気はなかった。

「言ったら絶対、今のままじゃいられなくなるじゃないですか」

僕は三人兄弟妹《きょうだい》の一番上で、四歳下の弟と十二歳下の妹がいる。今まであまり迷惑をかけてきたつもりはない。だからこそ、最期まで頼れる長男であり、兄でいたかったのだ。

「日常は帰ってこない。絶対に別れの準備を始めてしまう。俺はそれが嫌です」

「病気を知らされないまま家族が死ぬのも、残される方としては辛い話だと思いますが」

「わかってます。でも。俺は言いたくない」

部屋が静寂に包まれた。そうして一分ほど経った頃、先生は顔を上げた。

「わかりました。今すぐに伝えなくてもかまわない。でも、いつかは伝えてください」

そして先生は言葉を続けた。

「どうか、これだけは忘れないでほしい。たとえ無彩病でなくても、死は誰にでも訪れるんです」

死は誰にでも訪れる——その言葉が今も頭に残っていた。

校門を抜けると、サッカー部の一年生が昼練をしているところに出くわす。サッカーボールが弓なりに空へ飛んで、目の前のフェンスにぶつかった。突然のことに驚いた僕は固まってしまった。ボールを取りにきた一年生はこちらを見て申し訳なさそうに会釈をした後、走って戻っていく。

うしろ姿の先に仲間たちが待っているのを見て、中学生の頃を思い出した。無意識のうちに左足がボールを蹴る真似をしていたことに気づき、足を止める。込み上がってきた思いを胸の奥にしまい込んで、校舎へと足を進めた。

階段を上って昨日と同じ教室のドアを開ける。すると、大声をあげて誰かがぶつかってきた。

「蒼也——!!」

「痛っ!!」

教室に入った瞬間、翔が抱き着いてきたのだ。あまりの勢いに足がもつれ、バランスを崩して倒れる。その拍子に、床に鞄の中身が散らかった。

「蒼也が来なくて俺、大変だったんだぞ！　理科の実験は失敗しまくったし！」

「いや、知らんわ」

「英語はいきなり当てられて、蒼也のほかに答え提供してくれる人がいないから、わからなくて立たされたし！」

「それお前のせいだろ」

散らかった鞄の中身を拾いながら、翔の頭を叩く。僕はペンケースを手に取り、カバンのチャックを閉め、目の前の光景に目を細めた。昨日と変わらず、楽しそうに会話をしているクラスメイトたちがひどく眩しかった。

ああ、なんだ。結局変わらないのだ。自分の日常が変わってしまっても、彼らの日常は変わることはない。昨日までの自分と同じように、当たり前にくだらない日常が続いていくと信じている。

授業内容は耳に入ってこず、ただ、窓の外の白い桜だけを眺めていた。空の色は鮮やかなままだった。

放課後、阿部先生に職員室へ呼び出されて遅刻の理由を聞かれ、ただの寝坊だと答えたら怒られた。一年のときは真面目に来ていたのだからちゃんと来いと言われたが、今の僕には意味のない言葉だった。

これから先、学校に来る必要性はあるのだろうか。どうせ死ぬんだから、わざわざ勉強なんてしなくてもいいじゃないか。好きな場所に行って好きなようにすればいいと思ったが、どこにも行きたい場所はなく、やりたいことも思いつかない。

阿部先生がほかにもなにかを言っていたが、僕の耳には届かなかった。適当な返事をしていた僕に呆れたのか、次は気をつけろという言葉を最後に解放される。職員室を後にして、帰ろうと廊下を歩きはじめる。

下駄箱に向かう途中の渡り廊下から赤い光が差し込んでいた。暗くなりはじめた校舎を、夕焼けが鮮やかに染め上げている。足を止め、窓の外を見ると、白い飛行機雲が上空に線を引いていた。

この夕焼けを、いったいあと何回見られるのだろうか。ふと写真に収めたくなりスマートフォンを取り出そうと鞄に手を突っ込む。なかなか見つからないので、本格的に捜そうと鞄の中を覗き込んだ。

「え……」

ない、ない、ない。鞄にしまっておいたはずの、黒の手紙がない。あれを誰かに見られたらと思うと冷や汗が止まらなくなる。僕は慌てて教室へと引き返した。

きっと昼休み、翔が飛びついてきたときだ。今日は清掃がなかったから、気づかれていないかもしれない。どうか、誰の手にも渡っていないでくれと願いながら、スライド式のドアに手をかける。

ガラッと勢いよく教室のドアを開ければ、春風が廊下に舞い込んだ。窓の方を見ると、こちらを振り返るクラスメイトがひとり。

「立波……」

「新藤くん、どうかしたの？」

窓の外に広がる夕焼けが教室を茜色に染めていた。君の表情は逆光で見えない。

「ああ、ちょっと落とし物して」

「落とし物ってこれ？」

背中に回していた手からなにかが現れる。目をこらして見ると、君の右手の人差し指と中指の間に黒の手紙が挟まれていた。

「なんで……」

「ゴミ箱の裏に落ちてたの。お昼休みの終わりに拾って。だから、見たのは私だけ」

近づいてきた君から手紙が返される。君は震える僕の手に手紙を握らせた。

「やっぱり、無彩病なんだね」

頭に血が上った。絶望を抱く感情とは裏腹に、自分の乾いた笑い声が教室中に響く。

「なんだよ、誰かに言うのか？」

「言わないよ、言ってほしくないんでしょ」

「なんだよそれ、同情でもしてんのかよ」

「なんて言えばいいんだろう……」

少し困ったように、君が言いよどむ。僕は思わず言い返した。

「お前には関係ないだろ！　全部の色が見えて！　死の恐怖なんて感じることもない!!」

喉の奥が切れそうなほどに叫んでいた。こんなことを君に言ったってなにも変わることはないのに。今の僕には、あふれだした感情を止める術はなかった。

「怖いの？」

「ああ、怖いよ!!　毎日毎日つまらないって、ずっと思ってたけど。でも死にたいなんて願ったわけじゃない!!」

まだ十七歳の僕らに、先は長いと大人たちは言うけれど、僕にはやりたいことも行きたいところもない。一年生の頃から、将来どんな仕事に就きたいか、どんな一生を送りたいかと授業で何度も進路を聞かれた。プリントを配られて、太枠の中に書きなさいと鉛筆を握らされた。けれど正解なんてわからずに、答えすら書けず空欄のまま提出しては怒られてばかりだった。

そのうち大人になって、就職をして、誰かと結婚して、家族ができる。老いて孫を見て死んでいく。なんてことのない、特筆すべきこともないような人生を送るものだと信じていた。

だから、この空欄を埋めなくてもいいだろうと思っていた。いつか、わかる日が来たときに書けばいいやって。そう簡単には死なないだろうとも思っていた。けれど、突き付けられた現実の中、死を恐れ、受け入れようとしない自分がいる。

「そう……」

「それともなんだよ！　優しい立波は俺に同情して死ぬまで付き合ってくれるの？」

困らせてやろうと思った。どうしようもない現実にムカついて腹が立って、気づけば関係のない君に当たっていた。死の恐怖なんて知りもしない、当たり前の日常が続くと信じている君に。

「いいよ」

「え？」

今、なんて言った？　と聞き返す前に、その問いは遮られてしまう。

「なってあげる、彼女に」

さらに一歩、君が僕に歩み寄る。色素の薄い瞳に、今にも泣きそうな僕が映っていた。

「あなたが死ぬまでの一年間、私はあなたの彼女になるわ……蒼也くん」

君が微笑んだ瞬間、開いた窓から強い春風が吹いて白いカーテンと君の黒髪が舞い上がった。モノクロのコントラストがスローモーションのように視界に入ってから、突然君に襟を引っ張られて……唇が重なった。

8/365日

君と契約のような付き合いが始まってから一週間が経った。が、日常は依然として変わらない。

君との関係性が変わることもなく、毎日のように隣に座っておはようと言う。他愛もない話をして、帰るときにはさようならの挨拶をする。関係性はたしかに変わったはずなのに、それは目に見える形にはまったくもって反映されていない。

「付き合ってる？　……よな」

あの日、夕焼けに染まる教室で君に向かって放った言葉を、僕はひどく後悔していた。

——優しい立波は俺に同情して死ぬまで付き合ってくれるの？

君はなんてことのないように返事をしたけれど、それでも僕がひどいことを言ったのには変わりない。謝ろうと思って、早一週間だ。

そもそも、自分は立波緋奈のことが好きなのだろうか。

「誓いのキスは言葉を封じ込み、永遠のものとする」

あの日、君はキスをした後、人差し指を自分の唇に当てて言った。

「本気かよ……」

不意打ちのキスに心臓が破裂するくらいバクバクしていた僕は、そう一言返すのだけで精一杯だった。

「ええ。この手紙のことは、私たちだけの秘密ね」

人差し指を唇に当てたまま、君は反対の手を振り、教室から出ていった。余裕のある態度にどんな反応をしていいのかわからず、教室の鍵を締めにきた先生に肩を揺すられ、声をかけられるまで立ち尽くしていたのが先週の僕だった。

思い返していると、「じゃあまた明日」と、ホームルームが終わってすぐに隣の君が立ち上がる。

「え、ああ、また明日」

思わず返事をする。去っていく君の背中を見て、ハッとした。なにをしているんだ自分は。今日こそ謝らなくてはいけないと思っていたばかりだろう。

「蒼也、ちょっと……」

「ごめん翔、急いでるから」

話しかけてきた翔をあしらって、急いで鞄を持って教室から出ようとすると、今度は里香が入ってきて行く手を遮る。

「蒼也ー！　ってあれ？　なんか急いでる？」

「ちょっと野暮用が」

早く切り上げようとするが、翔がまた口を挟んでくる。

「蒼也は最近さ、隣の席の立波と仲良いんだよな。もしかして一緒に帰るの？」

「え、立波ってあの？」

里香がぴくっと反応する。話が長くなりそうなので、「マジで急いでるから、じゃあ」とふたりを置いて教室を飛び出した。

下駄箱で靴を履き替え、校門を出て坂道を駆け足で下っていく。桜の絨毯を作っていたこの坂から、花びらはもう消え去っていた。代わりに枝から生えはじめた黄緑色の若葉がちらほらと見える。こうして季節は巡っていくのだ。無彩病になるまで意識することがなかった、当たり前だったはずの風景。

正直、桜の花びらがなくなってくれたのは嬉しかった。理由は簡単、死を間近に感じなくて済むから。

告知されてから一週間が経ったが、視界はさほど変わらなかった。もともと無彩病というものは、ある日突然、視界から色が消えるわけではなく、ゆっくりと一年かけて色が見えなくなる病気らしい。そのため、病状に大きな変化はなく、他者からは気づかれにくいのが特徴だ。

「皮肉……だなっ」

走りながら思わず言葉が漏れる。今まで、どうでもよくて当たり前だと思っていたさまざまな色に今さら目が行く。通学路に咲く黄色の花、道端の緑色の草木、躓きそうになった灰色の小石。行き交う人々の服や肌の色、空を支配する青。無彩病になる前よりもずっと、今は世界が輝いて見える。

やっと、風になびく黒髪と小さな背中を視界に捉えた。

「立波!!」

小さな背中に向かって大声で叫ぶ。驚いて振り返った君に、僕は足を止めると肩を上下させて息を整え、下を向いて深呼吸をした。古傷のある左足が少し痛み、額からは汗が流れ落ちた。

「汗、すごいけど」

少しからかうような声。気づけば、どこか楽しげな君が目の前に立っていた。

「走ってきたから」

左足を軽くさすって足首を回すと、痛みはどこかに消えていった。

「用事があったなら連絡してくれればよかったのに」

君は「連絡先交換したでしょ」と言いながらポケットからハンカチを取り出し、僕の汗を拭ってくれた。

「ちょ、いいって」

「よくないわ」

「そんな綺麗なハンカチで拭いちゃ駄目だろ」

「あら、ハンカチは汚れや汗を拭うものだけど」

ぐいぐいと迫ってくる君に僕はじりじりと後退する。だって駄目だろ、綺麗なものなのだろうから。君の持っているハンカチは桜の花がプリントされているが、それは白にしか見えなかった。

「いいから、じっとしてて」

「……はい」

強い目つきで言われれば、黙って従うしかなかった。動きを止め、僕はされるがまま汗を拭われる。

「はい」

ようやく手を離し、少し満足げな顔で君はまた笑った。

「ありがとうございました……。ハンカチ貸して、洗って返すから」

照れ臭くて、僕はそっぽを向いて手を差し出す。

「いいよ、べつに」

「汚いから申し訳ないし、洗って返す」

「じゃあ、あげる」

「はあ？」

差し出していた手に、ハンカチがぎゅっと押しつけられる。

「なんで」

「だってあなた、また汗出てきたし」

そう言われて、右手で額に触れてみると汗がついた。ああ、格好悪い。

「……いつか返す」

「うん、で、なにか用？」

そうだった。謝ろうと思ったんだ。君といると、いつも君のペースに乗せられてしまう。

このままでは駄目だと、一度落ちつくために大きく深呼吸してから話し出す。

「あのさ」

「うん」

緊張して次の言葉が出てこない。もう一度、深呼吸をしてその色素の薄い瞳を見た。

「あのですね」

「はい」

君は嫌な顔せず、ニコニコしながら言葉を待っている。そういえば、いつも笑っていることに気づいた。

僕は意を決して口を開いた。

「ごめん」

「え？」

「その、この前、手紙の話したとき、完全に八つ当たりで立波にひどいこと言ったから」

ああ、と思い出したかのように君は手を一度叩く。

「気にしてないよ、人間切羽詰まったらああなるでしょう？　べつにあなたが悪いわけじゃないわ」

「いや、でも、同情して死ぬまで付き合ってくれるの？　とか言ったし」

「もしかして、それ言うためにわざわざ走ってきたの？」

「まあ……はい」

情けなさに嫌気が差して思わずうつむく。顔を見ることができなかった。しかし、返ってきた言葉は意外なものだった。

「馬鹿だなあ」

「は……え？」

急いで顔を上げると、君は目尻を下げていた。それは一週間前、夕焼けの教室で見た微笑とはちがう、優しげな表情だった。

「ちょっと待って、今、馬鹿って言った？」

「言った」

「なんで!?」

君はクスクスと笑いながら僕を見つめた。

「嫌いだったら付き合うなんて言わないわ」

強く言い放たれたその言葉が、僕の頭の中をこだまする。

「え、ま、ちょっと待って、それって好きってこと?」

「さあ、どっちだと思う?」

慌てふためく僕を差しおいて、君は人の悪い笑みを浮かべた後、視線をそらした。

「立波、お前さ」

「なに?」

「結構性格悪いな」

「初めて言われたわ」

あははと声を上げる君を見て思った。

「クラスでもそうやっていればいいのに」

「え?」

「だから、クラスでもそうやって笑っていればいいのにって思ったんだよ」

からかわれた僕は少しだけ腹が立って、先に歩きはじめる。君は僕の後を追ってきて、隣で足を進めた。

「でもクラスで話すのは、あなたと矢田くんくらいだわ」

「お前がクラスで笑うことが少ないからだろ。声かけにくいだけだよ。話したがってるやつはたくさんいるって」

「なるほど。じゃあ、明日から蒼也くんが笑わせてくれればいいんじゃない？」

「なんで俺なんだよ」

ひどい無茶ぶり。君は思いついたかのように提案するが、僕に人を笑わせるような才能がないことに気づいているはずだ。

「だっていきなり笑えと言われても難しいわ、きっかけがないと」

「翔がいるだろ、おもしろいじゃんあいつ」

「矢田くんは一緒にいるとたしかに楽しいけど、ちょっと騒がしい」

その言葉に思わず噴いてしまう。

「たしかに騒がしいよな、あいつ」

「ええ、いい人だけどあそこまで騒がしいのはちょっと」

うーんと唸りながら考える君がおもしろくて腹を抱えて笑った。

「なに？」

「いや、立波って意外と表情コロコロ変わるんだなと思って」

「私、ロボットじゃないんだけど……」

ほらまた。少しムッとした顔で君は僕の制服の袖を引っ張った。

「知ってる」

「もう、ところで今日はこっちの道なの？」

君の言葉にうなずく。いつもの分かれ道は数百メートル前に通り過ぎてしまった。

「幼稚園児の妹がいるんだけど、それのお迎え。今日母親が用事あるらしくて代わりに」

「妹さんがいるんだ、かわいい？」

「あと中一の弟もいる。まあかわいいかな、とくに妹は歳がかなり離れてるから。なんかもう娘みたいな感覚」

「ふふ、だろうね」

「会っていく？」

「え？　妹さんと？」

僕はうなずいた。

「今日、用事でもある？」

「ないけど……知らない人といきなり会って大丈夫なのかしら」

「ああ、大丈夫。全然人見知りしないし、むしろよく懐く」

妹のゆずは幼いが、人見知りというものをしなかった。幼馴染の里香とも頻繁に遊んでいるし、翔になんて初めましてのときから溺愛されている。妹は人たらしの才能があるかもしれないと思うくらい、人に好かれる。

「そういえば、立波は兄弟とかいないの？」

「妹がひとり……今は中学三年生かしら」

君に異性の兄弟《きょうだい》がいるイメージがなかったから聞いてみれば、案の定だった。

「へえ、仲良いの？」

「あまりよくないかな……」

「そっか」

話していると時間の流れは速く、あっという間に幼稚園に着き、ふたりで中に入る。ガヤガヤとざわめきが聞こえてくる教室に行って先生に声をかけると、妹を呼んでくれた。

「ゆずちゃーん、お兄ちゃん迎えにきたよー！」

「ほんとにー!?　にいに！」

元気な声が聞こえ、足音が近づいてくる。そして、ゆずがぴょこっとドアから顔を出した。かわいい。我が妹ながらかわいすぎる。

「にいに！」

「おーゆず、いい子にしてたか？」

しゃがみ込んで視線を合わせてやれば、嬉しそうに抱きついてくる。子ども特有の柔らかい感触と温かさを腕に感じ、思わずにやけてしまう。僕は思ったよりもシスコンらしい。

「わかったよ」と一言返し、立ち上がり妹の手を握った。

かわいい妹を堪能していると、うしろから肩を叩かれ紹介しろと促される。

「うん！」

「そうかえらいな、帰ろうか」

「してた！」


「ゆず、今日お姉ちゃんが一緒なんだけどいいかな」

「りかちゃん？　いいよ！」

「いや、そっちじゃなくて……立波」

「初めまして、ゆずちゃん。立波緋奈です」

にっこりと笑う君を数秒見つめた後、ゆずは目を輝かせた。

「お人形さんみたい!!」

「え？」

「ひなちゃん？　ひ、うーん、ねえね！　ねえねのほうがいい！」

君にいきなり抱きついた妹は嬉しそうだった。

「こらゆず、立波、大丈夫か？」

「かわいい……！」

抱きついたゆずの頭をなでる君は、とても穏やかな顔をしていた。

それから数週間が経った五月初旬。新緑が世界を支配しはじめる。少し温かくなった風と変化した色に、時の流れを感じた。

告知された日、一か月ごとに病院に検診にくるよう言われた。どうせ治療法などないのだから、検診という名の進行状況の把握だ。今の僕から消えた色はピンク系統だけれど日常生活はとくに問題ない。

検診は、学校帰りに遊びにいくと言って、家族には嘘を突き通した。今のところばれる様子もなく、当たり前の日常が続いている。

それはとても心地がよくて、自分が病気を伝えてしまえば終わるとわかっているから、なおさら言えなかった。

僕はいったい、いつ死ぬんだろうか。

単純な計算をしてみる。一年を三百六十五日と考えると、今が五月上旬だから来年四月——錐体細胞が機能を停止するまでに約三百三十五日あるわけだ。意外にも時間は残されている。それに、約一年なのだから実際はもっと長いかもしれない。

「時間はあっという間だと思うけど」

その言葉に、窓の方を向いて思考に耽っていた僕は現実へと連れ戻される。

ここは、駅前の小さなカフェだ。窓からは行き交う学生の姿が見え、目の前にはブラックのホットコーヒーに食べかけのドーナッツ。そして向かいの革張りのソファには、空になった皿と退屈そうにアイスティーのグラスを持ち、ストローを回す君。

「まあ、それは言えてるけど」

「でしょう」

放課後、君が行ってみたいと言っていたカフェを訪れていた。駅の近くにもかかわらず人が少なく、落ち着いた印象の店内だった。君と一緒にゆずを迎えにいった日から、放課後、ふたりで出かけることが増えた。

「だってもう付き合って一か月経ってるんだから、一年なんてボーッとしていたらあっという間に過ぎてしまうわ」

「わかってるよ」

視線を再び窓に戻す。

「なんかさ」

「なに？」

頬杖をつき外を見つめたまま、言葉を続ける。人の流れはやむことがない。

「実感が湧かないんだよ」

ストローを回していた君の手が止まり、グラスの中で回っていた氷がひとつ、カランと音を立てた。

「見えなくなっていくのはわかるんだ。昨日まで見えていた色が白くなる、だから無彩病は今も進行していることはわかる。でも」

「死ぬなんて考えられない？」

「そう、考えられない」

ホットコーヒーを一口すると、すでにぬるくなっていた。

「無彩病の特徴が緩やかな死っていうのは、まちがった表現ではなかったんだな」

「そう……」

「それと、家族に言った方がいいのかずっと迷ってる」

君はグラスを置き、言葉を紡ぐ。

「私の考えを口に出してもいい？」

「どうぞ」

「正直、どちらが正解かはわからないわ。伝えるのも、伝えないのも。どちらも正解だし不正解だと思う」

「俺もそう思う」

間髪容《い》れずに言った僕に、でも、と君はこちらを見る。

「私だったら、伝えない。ばれてしまったら仕方ないけど、大切な人には伝えたくない」

「理由は？」

「だって自分は今から死ぬんだって伝えられても困るだけだし、それに最後までいつもどおりでいてほしいもの。さようならを言う最後までいつもどおりでいてくれたら、当たり前に自分との明日を信じてくれていたら。もしかしたら、私も目が覚めて明日が続いていてくれるかもしれない」

「うん」

「最後に見る顔は別れを知っている悲しい顔よりも、なにも知らず笑っている顔の方がいい。でもね、結局自分自身が怖くて仕方ないから、相手にも自分にも嘘をついてごまかすだけなのかもね」

僕から視線を外しどこか遠くを見た君の表情は、少し寂しそうだった。

「まあでも自分でちゃんと考えた方がいいわ。時間はまだあるから」

「そうだな」

君の言葉に共感して、僕は目を伏せる。医師を除いてこの世界で唯一、僕が無彩病患者だと知る人が君でよかったと思った。

自分でも、なにが正解か不正解かはわからない。そもそも正解なんてないのだろう。

たったひとりの理解者は、僕の気持ちを汲んでくれた。それが嬉しくてとても安心した。

その後、いつもの十字路で君と別れ、家に帰る。玄関を開けると、母親がキッチンから顔を出した。

「今日、ゆずと公園に行ったら里香ちゃんに会ったわよ。蒼也、彼女できたんだって？」

「え？」

「ゆずがこないだ会ったって。お人形さんみたいな緋奈ちゃんって子なんでしょ。ゆずが里香ちゃんに話してたわよ。お母さんも会ってみたいわ。今度、連れてきなさいよ」

急にそんなことを言われてなんだか恥ずかしくなり、僕は「いつかね」と言葉を濁して自分の部屋へと向かった。それにしても、里香にこういう形で知られたとは。僕の胸の奥が、少しだけざわりとした。

翌日、登校して教室のドアを開けるやいなや、友人たちに囲まれる。

「……なんだよ朝から」

「蒼也、お前いつから立波と付き合ってたんだよ！」

「えー!!」

翔が叫び、女子が悲鳴のような声を上げる。翔にも一切話していなかったから、相当驚いたのだろう。

「それ、誰から……」

君が自らこのことを話すとは思わない。

「なんの騒ぎ？」

ちょうど登校してきた君がうしろから顔を覗かせて、話に入ってくる。僕を囲んでいた中の男子生徒が口を開いた。

「立波さん、新藤と付き合ってるの!?」

君は目を瞬かせてこちらを見てくる。自分は言っていないと小さく首を振って伝えれば納得した様子でうなずいた。

「付き合ってるけど、なにか問題でもあった？」

なんのためらいもなく答えた君。周りに、一瞬の静寂が広がる。

「言ってよかったのかよ」

「事実だし、べつに隠す必要もないかなって」

相変わらずの君の様子に、僕は少し笑ってしまった。

「そうだよ、付き合ってる」

君の目をまっ直ぐに見て言い放つ。すると、君は隣で少しはにかんだ。僕の心臓が大きく波打った。


その後、一週間経っても僕らの関係はいまだに騒がれていた。高校生というのは、こんなにも人の恋愛話が好きなのだろうか。自分はまったく興味がなかったから不思議でしょうがない。

「いや、たしかに好きだけども。問題は、立波とお前が付き合ってるってところだ」

「なんでだよ……」

昼休みの教室で僕の意見を述べると、弁当の白米をかき込んでいた翔が箸でこちらを指してくる。米粒が飛んだ、汚い。

「だってそりゃあ学年一位の才色兼備の女子と付き合ってるのがお前よ？　たしかに蒼也もなぜかイケメンとか女子に言われてるけどさ、俺より格好よくないしさ」

「あーはいはい、翔はイケメン、超格好いい。これでいい？」

こいつは本当にナルシストだなと思いながら、食べかけていたパンをかじる。

「そういえば」

「なんだよ次は」

「その立波はどこ行ったの」

「あれ？」

隣にいつも座っている君がいない。

「さっきまでいなかったっけ」

なぜか胸騒ぎがした。君はあまり教室の外に出ない。昼休みは、いつも教室でひとり、小さなお弁当箱を広げて食事をとっていた。

「そういえばな、付き合ってるって話、女子バスケ部から回ってきたらしいぞ」

「バスケ部ってまさか……里香？」

立ち上がった瞬間、ちょうど廊下を里香と同じクラスの友人が通りかかり、目が合った。

「おっ、新藤。里香って立波と仲良いのか？」

その男子はそう言いながらうちのクラスへと入ってくる。

「は？　そんなわけないだろ、面識もないし」

「あれ？　階段にさっきふたりでいたの見かけたんだけどな」

その言葉を聞いた僕は教室を飛び出し、階段へ向かった。

「おい、蒼也待てよ！」

うしろから翔が追いかけてくるが振り向かず、二段飛ばしで階段を駆け下りていく。

「俺も一緒に行く」

「関係ないだろ」

「あるよ、たぶん」

焦りからか、一段踏み外しそうになった僕の腕を翔に摑まれ、強制的にうしろを向かされた。

「お前が想像してる事態が、たぶん起こってる」

「だとしても！　なんで翔が来るんだよ！」

摑まれた腕を振りほどくが、翔は再びその腕を引く。

「お前ひとりで行ったところで、立波は守れても里香のストッパーはいないだろ」

「……そういうことか」

意外にも翔が冷静で、僕の中の焦りが少しずつ収まっていった。

「いいか、もしやばそうな雰囲気だったら蒼也は彼女を守ることに徹しろ。後は俺がなんとかする」

あいつキレたら収拾がつかないからな、と翔が肩をすくめる。

「本当、格好いいよお前」

いつもは逆だったはずの立場。それほどまでに、自分に余裕がないと気づく。常に冷静だった自分はどこに行ってしまったのだろう。こんなにも親友が頼りになるなんて、君に会うまでは気づきもしなかった。

再び走り出した僕を追うように、うしろから軽快な足音が聞こえた。上履きの踵が階段を下りる度に音を鳴らし、踊り場に反響していく。僕はうしろを振り向くことなく翔に問いかける。

「どこにいると思う？」

翔は、息が上がりながらも答える。それでも走る速度は緩めない。

「たぶん部室棟の裏！　前も里香が気にいらないチームメイト呼び出してたって聞いたことある！」

「本当、あいつ、なにやってるんだよ！」

一階まで降りたとき、うしろから聞こえていた軽快な足音が止まった。振り返れば、階段の一段上で翔が立ち止まりこちらを真っ直ぐ見ている。

「翔……？　なにして……」

「蒼也さ」

いつもとはちがう、真面目な顔で翔が口を開く。

「理由、気づいてるだろ」

「え……」

「お前がずっと気づいてたのにもかかわらず、見ないふりしてきた結果がこれなんじゃないの？」

――ああ、そうだ。気づいてたよ。それでずっと気づかないふりをしてた。

幼い頃から里香に向けられていた感情から、ずっと逃げてきた。だから今、君に迷惑がかかっている。核心を突かれ、その場で固まった僕を見て、翔は最後の一段をジャンプして横をすり抜けていく。

「べつに蒼也と立波が付き合おうが、俺はなにも言わないよ。むしろ蒼也が楽しそうにしているのを見て、ああ、よかったなあと思うし」

すれちがいざまぎゅっと僕の右手首を摑むと、ドヤ顔で進行方向を顎でさした。

「ただささ、ここらではっきり言わないといけないんじゃない？」

「……お前、本当に格好いいよ」

「いまさらだろ」

走り出した翔に引っ張られ、足がもつれそうになりながらも歩みを進める。一階の廊下を駆け抜けて人の波を器用に縫っていく。目の前の親友の背中がとても頼もしくて、僕の口もとが上がったのがわかった。

たしかに、里香の苦手なところはたくさんある。隣にいて煩わしいと思ったこともたくさんある。でも、友達として、幼馴染として大切だということには変わりないのだ。

渡り廊下を抜け、部室棟の裏へ回り込もうとしたとき、里香の罵声が聞こえてきた。

「あんたなんなのよ！　ふざけないでよ！」

——遅かった。

そのまま進むと、地面に君のことを押し倒し、右手を振りかぶって今まさに頬を叩こうとする里香のうしろ姿が見えた。

「ちょっと里香、手出すのはまずいって」

周りにいる里香の友人の静止の声などおかまいなしに、里香は君の頬を叩く。大きな音に思わず目を瞑ってしまう。

「里香が！　里香が蒼也の一番なの！　里香が！」

体勢を立て直して座り込んだ君の口もとから、血が滲んでいるのが遠目にもわかり、自分の中でなにかが切れる音がした。

「里香が!!」

もう一度叩くために宙へ上げられた手を見て、僕は咄嗟に走って君と里香の間に入った。

「え……?」

里香は困惑した顔で僕を見上げた後、行き場をなくした手を無気力に下ろす。周りにいた里香の友人たちが一斉に静まり返ると同時に、僕は背後へ隠した君を振り向いた。

「遅いわ」

目の前で君が安堵の表情を浮かべたが、口もとから滲む鮮やかな赤に僕は眉をひそめる。君に手を出した里香が許せないと同時に、間に合わなかったことへの後悔が一気にやってきて、僕の心をぐちゃぐちゃにした。

「悪い」

「蒼也……」

うしろから里香に名前を呼ばれるも、そちらは見ずに、座り込んでいる君の前に膝をついた。

「ヒーローは遅れてやってくる?」

軽口を叩く君に少しほっとした。けれど、赤く腫れた頬は見るからに痛そうだった。

「遅れてごめん」

「いいよ、来てくれた」

　君に手を差し伸べ、立たせる。初めて握ったその小さな手からは、わずかに震えが感じられた。君のことだから、今もいつもどおりの何食わぬ顔で対応していたのだろう。でも本当は怖かったはずだ。

　いつもよりずっと、君が小さく感じられて、思わずきつく抱きしめた。肩に顔をうずめた君はそれを拒むことなく、僕は頭を数回なでる。

「あ、シャツに血がついちゃうわ」

　いきなり顔を上げた君は口もとを押さえる。こんなときに僕の制服の心配をするなんて、その前に自分の心配をしろと言いたかった。けれど、それも君らしいと思い納得してしまったから、浮かんだ言葉が口から出ることはなかった。

「いいよ、べつに」

　その手をどけて僕の袖で君の口もとを拭うと、君は少しばかり抵抗の声を上げ、僕を軽く叩いてくる。気にすることなく続ければ、諦めたのか君はおとなしくなった。

「なんで……」

　うしろから聞こえた涙声に振り返ると、そこには里香がたったひとりで立っていた。遠くから翔が無言で親指を立てている。いつの間にか、周りから人がいなくなっている。ほかのメンバーは翔が帰らせたようだった。

「なんでその子なの！　里香はずっと隣にいたよ？　蒼也の隣にいた！」

「里香……」

君を庇うように前に立つ。避け続けてきた里香からの想いに、僕は答えを出さなければならない。

「なんで、なんで！」

「里香」

ちゃんと言わなければならない。答えずにいられたらよかったけれど、この先、僕のせいで君が傷つけられるなんてもう懲り懲りだ。考えたくもなかった。

「俺、里香の気持ちに気づいててずっと気づかないふりして逃げてた」

泣き叫んでいた里香が黙る。

「俺、里香の気持ちにはこの先もずっと応えられない。ごめん」

ひゅっと里香が息を呑んだ。

「里香はたしかに大事な存在だよ。でも、これまでもこれからも、俺にとって里香は幼馴染でしかない」

「なに、それ……」

里香が膝から崩れ落ちる。涙を流しながら座り込み、下を向いたままこちらに問いかけてくる。けれど、手を差し伸べることはできなかった。

「蒼也は……本当に立波さんのこと好きなの？」

里香の問いに、君と付き合うことになった日のことを思い出す。

はじめは戸惑いだった。契約のような恋で、なぜ付き合ってくれたのかもわからなくて。でも、気づけば目で追っていた。

君が理解者になってくれて、どんなときでも一緒にいてくれた。

今だって心配で足が勝手に走り出して、気がつけば君を抱きしめていた。これはもう自信を持って言える。僕は恋に落ちていた。

「好きだよ。緋奈のことが、好きだ」

――だから。

じっと里香のことを見て続ける。

「次こんなことがあったら、俺は里香を許さない」

そして君の手を引っ張ってその場を後にする。背中越しに里香の泣き声だけが、ただ響いていた。

明日から僕らは、元通りの関係に戻れるだろうか。いや、戻れないだろう。ふたりで笑いながら走り回ったあの頃には、もう二度と戻れない。

きっと僕達は大切ななにかを手に入れるために、ほかの大切なものをなくしていくのだ。

僕が今、君を選択して幼馴染の手を取らなかったように。

　僕にとって里香が大事な存在であったのは紛れもない事実だった。けれどそれ以上に、君を守りたかった。

　早歩きで君の手を引っ張る僕の手に汗が滲む。

「蒼也くん？」

　控えめに声を発した君は、僕の顔を覗き込むかのように首を傾げる。その動作は小動物のようで、先ほどまで起きていたことがようやく終わったのだと実感した。

「無事でよかった……」

　色素の薄い綺麗な瞳に見つめられ、思わず安堵の息が漏れた。僕の体から、力が抜けていく。

　部室棟一階の階段裏にある、小さなスペースに倒れ込むかのように腰かけた。君は立ったままこちらを見下ろしている。手は繋いだままだった。

「ごめん」

「なんで謝るの。あなたはなにも悪いことしてないじゃない」

「いや、あれは俺のせいでしょ」

　僕を見下ろしていた君は目の前にしゃがみ込む。

「あなたは、なにも、してない！」

言葉とともに僕の額を軽く三回小突いた後、君は笑ってありがとうと口にした。

「ナイスタイミングだったわ」

「一回やられた後だったじゃん」

「それでも、二発目は食らわずに済んだ」

何食わぬ顔で淡々と言ってのける君に、僕は少しいらだちを覚える。

「怒ってないのかよ」

「どうして？」

「だっていきなり呼び出されて殴られてるんだぞ。普通、そんな平然としてられるかよ」

なるほど、と君はひとつ手を叩き、そして僕の右手を取った。白く細い小さな手が、僕の手を包み込む。

「たしかに腹が立ったところもあったし、怖いとも感じた」

「だったら」

「でもね、私、彼女が怒った理由、わかる気がするから」

「え？」

僕の手の指に、自身の指を絡ませたり両手で握りしめたり。手遊びをしながらも君は話を続ける。

「ずっと小さいときから好きだったんでしょう？　たしかに人に当たるのはよくないと思

うわ。でも、蒼也くんが自分と向き合う前にほかの子と付き合ってしまったから、やりきれない気持ちが爆発しちゃったのよ。そうじゃなかったらあなたが来た後でも彼女は私に当たってたと思うし」

「…………」

「本当は怖かった。あんなことされるの初めてだったから。でも」

僕の手を両手で包み込み、君は自分の胸もとに連れていき、目を瞑り祈るように言った。

「あなたが助けにきてくれたから、怖さもなくなってしまったの。まるでヒーローだわ」

ありがとうと再び笑う君を、とっさに抱きしめていた。

なんてできた人なんだろう、なんて素敵な人なんだろう。僕の問題に君を巻き込んでしまった。それなのに君は文句を言うどころかお礼の言葉を紡いだ。

心臓の音が鼓膜に反響してうるさい。君の肩に顔を埋めて熱くなる頬をごまかしたら、今度は鼻孔をくすぐる甘いシャンプーの匂いに目眩がした。僕にすっぽりと包まれた君は、力を入れたら壊れてしまいそうなくらい華奢だった。

一分でも一秒でも、この瞬間が続けばいいと願う気持ちとは裏腹に、熱を持った体を君から離そうと力を緩める。けれど君が僕の背に手を回したから、鼓動がさらに速くなった。張り裂けそうなくらい痛いこの胸が、僕に初めての感情を教えてくれたのだ。

68/365日

「お前なにしてるの？」

　格好つけた言い方で、視線を少し逸らしながら聞いた僕の視線の先には、手提げ袋を膝の上にのせたまま、淡いピンクの襟付きワンピースを着た長い髪の女の子がブランコに座っている。耳もとに赤いピンが留めてあって、それが黒い髪の中でやけに目立っていた。

「お迎えを待っているの」

　下を向いたまま、少女はその問いかけに小さく返事をした。

「でも、一時間くらいずっとここにいるだろ」

「お父さん、お仕事忙しいから」

　一向にこちらを向こうとしない少女に少し腹が立って、少女が乗っているブランコにうしろから立ち乗りする。ブランコが大きな音を立てて揺れた。

「いきなりなにするの！」

　驚いた少女は急いで手提げ袋を肩にかけ、両手で鎖を摑み、僕を見上げた。

「やっとこっち見た」

僕は少女に向かって笑った。少女は一瞬固まって、ひとつため息をついた。

「蒼也ー、サッカーしないの？」

「おう、みんなでやってて！」

遠くから聞こえてきた里香の声に返事をし、片手に持っていたサッカーボールを投げた。

「遊びにいきなよ」

不機嫌な少女の言葉に僕は返事をする。

「だってお前ひとりじゃん、迎えくるまで一緒に遊ぼうよ」

「私は遊びたくない」

強がりで無表情な子だ。でも、どこか寂しげな雰囲気を纏っている。

「じゃあ、そんな寂しそうな顔するなよ」

核心を突かれたのか、少女は黙ってしまう。

あー、やってしまった。僕はなんとか話題を変えようと自己紹介を始めてみた。

「俺、蒼也。新藤蒼也、十歳。お前は？」

「……私は九歳。小学四年生になったばかり」

「同じだ！　俺も四年生！」

時は新学期。遅咲きの桜は前日の雨で散ってしまっていた。

力を込めて、高いところを目指しブランコを思いっきり漕ぐ。

「よく水標公園、来るの？」

「あまり……」

「そっか、俺ここでいつもサッカーしてるんだ」

「……サッカー好きなの？」

「おう、将来はサッカー選手になるんだ」

「素敵な夢だね」

ブランコがちょうど高い位置に来たとき、ずっと暗い表情をしていた少女が顔を上げ、花のように笑う。僕はその瞬間、初めての恋に落ちた。

「あ、ああ、だろ？」

照れ隠しでぶっきらぼうに返事をした。沈黙が続いて、それに耐えられなくなった僕はさらに漕ぎながら口を開く。

「桜！　さ、桜散っちゃったな！」

少し声が裏返る。少女は空を見上げ、小さく呟いた。

「桜流し」

「え？」

「雨で桜が散っちゃうこと。桜流しっていうんだって。お母さんに教えてもらった」

「桜流し……」

「おーい」

少女を呼ぶ男の人の声が聞こえる。

「あ、お父さんだ！」

嬉しそうな表情を浮かべた少女は、スピードが緩やかになったブランコからタイミングよく飛び降り、駆けていく。

「危ないよ」

立ち乗りしたまま僕が言えば、振り返ってごめんなさいと言った。僕はすぐにブランコから下りて再び少女に声をかけた。

「またな」

少女はありがとうと笑った後、父親のもとへ向かう。しかし、途中でもう一度振り返って僕に向かって大きな声で叫んだ。

「またね、蒼也くん！」

✽

そこで、夢から覚めた。幼い頃の思い出は、こうしてたまに夢に出てくる。

あの少女——実際は名前を聞いたはずなのに思い出せない。僕らの名前には大事なつながりがあったような気がするのに……。

右手で顔を覆い、その名を思い出そうとするも、やはり憶えておらず、諦めてその手をどけた。ベッドから起き上がり、カーテンを開ける。

「今日も雨か……」

枕もとに置いている目覚まし時計が示す時刻は六時ジャスト。起きるにはまだ早すぎるがすっかり目が覚めてしまったため、二度寝するのを諦めた。

今は六月。じめじめした暑さが気になるこの頃、僕の視界からは赤が消えはじめた。桜色はもちろん、濃い桃色も、もう見えない。一か月前、君の口もとに滲んでいた赤も、思い出せなくなってしまっている。

少しずつ色が消えていくことに、最近の僕は改めて恐怖を覚えていた。見えなくなっていくこと、当たり前が失われていくことが、怖い。

僕が見えなくなった桜色は、春だからこそ、その存在を際立たせていた。僕の世界から最初に消えていっているのは赤系統。それは日常生活の中にあふれていて、消えたことに嫌でも気づかされるのだ。

半袖の夏服に着替えて家を出る。登校する頃には雨もやんでアスファルトは陽の光を反射し、キラキラと輝いている。自転車に乗り、立ち漕ぎで勢いをつけた。すべて気のせいにしたかった。自分が死に向かっていることを、そして恐怖を感じていることを。

一か月前のあの事件の翌日、里香は君に謝りに、僕らの教室へ来た。

「ごめんなさい」

むくれた顔で謝ってきた里香は、不器用ながらも反省した様子だった。それを見た君は、里香の頭に手刀を落とした。

「痛っ！」

「はい!?」

「は？」

頭を押さえた里香を横目に、僕は思わず翔とともに間抜けな声を出した。

「これでおあいこにしましょう」

怒ることもなく、君は里香の手を取って顔をほころばせた。本当に君にはかなわないなと思った。

「あなたにはかなわないな」

僕の思いと同じことを里香は呟いていたっけ。

それからというもの、ふたりは急激に仲良くなったらしく、今では下の名前で呼ぶ仲になっている。

「女ってすごいな……」

あのときのことを思い出し、自転車のペダルを漕ぎながらぼそっと呟く。ふと、目の前に見覚えのある黒髪がなびいていることに気づいた。半袖のシャツから伸びた白い肌が眩しい。自転車を止め、片足を地面につけてその名前を呼ぶ。

「立波」

「蒼也くん」

振り返った君は、嬉しそうに僕を呼んだ。

たったそれだけのことで胸が高鳴る。僕の世界からは確実に色がなくなってきているのに、周りの景色が一瞬、鮮やかに彩られたような感覚さえする。

「おはよう、今日は自転車なの？」

「あ、まあ」

そうなのと言いながら近づいてくる君に僕はひとつ、ありふれたことを提案した。

「うしろ、乗ってく？」

「え？」

「ふたり乗り」

そう言うと君はまた嬉しそうにうなずいた。


「蒼也ー、俺は見たぞ」

校門の前で君を降ろし、自転車置き場に止めてから昇降口で待っていてくれた君とふたり揃って教室に入ると、いきなり翔がドアの陰から顔を出す。驚いた僕は、思わず翔に頭突きをしてしまった。

「痛い!!」

「うっ……いきなりなんだよ、翔」

頭を押さえてこちらを睨む翔。

「こっちの台詞だよ！　真面目に痛い」

「ごめん、びっくりしてつい」

「お前の防衛本能はおかしいぞ、蒼也」

涙目の翔は、額をさすりながら君に声をかけた。

「おはよう……立波」

「おはよう矢田くん、痛そうね」

「ええ、お宅の彼氏さんのせいでね……」

「で、なんだよ」

話を戻せと言うと、翔は机を思いっきり叩いてこちらに顔を向けた。

「朝から!!　ふたり乗りで交通違反しながら登校していたおふたりさん!!」

「うるさい……」

「そういえばふたり乗りは違反だったわ」

「俺と一緒に花火大会に行きましょう!!」

一瞬の静寂が辺りを包む。

「はあ？」

そして僕と君の、なにを言ってるんだと言わんばかりの声が重なった。

「ふたりしてそんな冷たい返ししないで。泣いちゃう」

「ごめんなさい、悪気はなかったわ。ただ、心底なにを言ってるんだって気持ちになっただけよ」

「立波、最近冷たくなったね」

シクシクと翔が泣き真似をするが、僕は無視して話を続ける。

「なんで一緒に行くわけ」

「だからー、俺と蒼也と立波、あと里香誘って、四人で花火大会に行こうぜ」

「つまりは四人で遊びにいこうってこと？」

「そういうこと！」

「紛らわしいんだよ、言い方が。里香誘うなら先に言えよ。てっきり三人で行くのかと思ったわ」

「俺、そんなに勇者じゃないから」

カップルの間には入れない、そう言って再び泣き真似をはじめた翔に、どう返事するか迷う。あの一件から、里香とはどことなく気まずかったからだ。しかし、そんな僕の心配をよそに、君は返事をしてしまった。

「友達と花火大会……行ったことないから行ってみたい」

「いぇーい、決定ー」

「え、本気で言ってる？」

気だるそうな声を出せば、君は拗ねた顔をして僕のシャツの袖を引っ張った。その仕草がかわいくて、僕は視線を逸らし両手を上げて降参のポーズを取る。緩んだ顔を見せたくなくて君から顔を背け、会話を続けた。

「あー、はいはい。行きます、行きます」

「彼女強いな」

「でも、期末テスト終わってからね」

しまった、存在を忘れていた。君の台詞に思わず翔と顔を見合わせる。

「期末テスト……」

翔が青ざめた顔でその単語を口にする。僕は上げていた両手を下ろし、その手で顔を覆い机に突っ伏した。

「普段から勉強していれば、困ることはないわ」

「してないから、困ってるんだよー！」

君の言葉に翔は悲痛な声を上げる。学年一位の言葉は心に突き刺さるものがあった。

さっそく放課後、花火大会に行く予定の四人で集まり、僕らの教室で勉強会をすることになった。

ふと斜め前の席に座る里香と目が合った。が、つい目をそらしてしまう。僕らふたりの間に流れる微妙な空気を振り払うかのように里香は明るい声を出した。

「緋奈はえらいね、普段から勉強してるなんて」

学年一位の秀才に、中の下の僕、下の中の里香。そして、下から三番目の馬鹿が翔だ。

「もうなにもわからない、無理」

「矢田くん、そこはそうじゃないわ」

「先生ー、里香も無理です」

「里香ちゃん、もう一度はじめからやってみましょう」

まさに、地獄絵図とはこういうことだろう。なんたることか、僕だけ君に勉強を見てもらうことができず、窓を眺めて息を吐く。君は里香のために古文の教科書を、翔のために数学の問題集を開いていた。

期末テスト。今朝、その言葉を聞いて少し戸惑いを感じた。どうやら今回のテストには色彩テストがあると聞いたからだ。一年に一回だったはずだが、今年度から七月になったらしい。

怖かった。視界から消えていく色で自覚させられているはずなのに、今の自分に見える色はどこまでなのかを、はっきりと結果で示されるのを僕は恐れていた。どれほど足掻《あが》いても、結果が変わることはないのに。

「蒼也くん？」

君の声が、僕の思考に停止信号を送る。我に返ると、うなだれたままの翔と頭を抱える里香、そして少し心配そうな顔をした君がいた。

「大丈夫？」

「ごめん、ボーッとしてた」

ぎこちない笑みを浮かべる。ああ、また君に考えていたことがばれてしまう。どうも僕は嘘をつくのが下手くそみたいだ。

「そう」

何事もなかったかのように、君は僕から視線を外す。やはり気づかれたようだ。帰り道、また君に、怖いの？　って聞かれてしまうだろう。怖くないと強がってみせても、君はすぐに見破るのだ。

「そういえば立波ってさ」

問題集に飽きたのか、翔が思いついたように口を開く。

「なに？」

「なんでそんなに頭いいわけ？　ずっと昔から勉強してたの？」

「まあ……そうね、たしかに」

少し考える素振りを見せ、里香の古文の採点をしていた手を止めた君だが、すぐに微笑みながら作業を再開した。その視線はノートにだけ向けられていた。

「私の家はね、厳しかったの。小さい頃からひたすら勉強させられて、ピアノ、バレエ、英会話とか、とにかくたくさんの習い事をさせられて、友達と遊ぶ暇なんてなかったわ」

「うわあ……お嬢様だ」

「里香うるさい、続きどうぞ」

「ありがとう、矢田くん。それでね、最初は友達がたくさんいたんだけれど、いつしかどんどん離れていって。いつの間にかひとりになってたの。でも両親が喜んでくれるならそれでよかった、頑張っていけた」

懐かしい思い出話をするように、君はペンを握ったままゆっくりと僕らに語りかける。

「でも、それは長く続かなかったの。私、妹がいるんだけど、その子がとても優秀でね。父は妹に期待しはじめたの。自分の志を継いでほしいって。それに不満はなかったし、私はほかの道を進もうと思った」

その横顔は微笑んでいるのに、どこか寂しさをはらんでいた。

「そのときに思ったの。私は親の敷いたレールだけを走ってた。友人も遊びも、なにもかもを犠牲にして歩いてきたその道に、意味なんてなかったの。じゃあ、なんのために我慢して今まで生きてきたんだろうなって思って」

　初めて聞く話に、僕の心は少し痛んだ。

「だから今、我慢して諦めてきたことをたくさんやってるの。友達とお話しして遊んで、恋人と歩いて笑いあって。今までできなかった寄り道もお出かけも。全部とても楽しいの。だからありがとう、三人とも。一緒にいてくれて」

　顔を上げた君の表情はほころんでいて、そこにもう寂しさはなかった。

「緋奈ー!!」

　里香が君に抱きつく。心なしか目もとが潤んでいた。

「友達だからね！　たくさん遊ぶんだからね！」

「うん」

「お前、彼女大事にしろよ」

　翔はそっぽを向いて鼻を啜っている。

「おう」

「ちょっと休憩！　里香、飲み物買ってくる！」

「俺も!!」

「おい、逃げるなお前ら」

「大丈夫、ふたりの分も買ってくるから！」

駆け出したふたりの声は、少しずつ遠くなっていった。

「……逃げたな」

「まあ、息抜きも必要よ」

「楽しそうだな」

「だって、友達とテスト勉強なんて初めてなんだもの。蒼也くんといると初めてのことばかりだわ」

ストレートな言葉が恥ずかしくて、ついうつむく。が、弾む声に、今君はきっと笑顔なのだろうと予想する。

「へえ」

照れ隠しで僕は、相変わらずの素っ気ない返事をした。

「初めての恋人。初めてのふたり乗り。初めての放課後デート。初めてのキス」

「え、キス初め……え、初めての恋人？」

「そうよ？」

君はなんの迷いもなく言い放つ。

「じゃあ、あの日したキスって……」

僕は付き合った日のキスを思い出した。君はうなずく。

「嘘だろ……」

「そんなに遊んでるように見える？」

「いや、見えないけどさ」

約束を封じ込めたあのキスが、僕だけでなく君にとってもファーストキスだったなんて。あんなに勢い任せでよかったのだろうか。

僕は相変わらず、君の考えていることがわからない。いや、もしかしたらなにも考えていないのかもしれない、そういう人なのかも。

「今、失礼なこと考えたでしょ」

「なんでわかるんだよ」

「正直だから顔に出やすい」

「まじか……」

これから気をつけようと考えたが、一日二日で簡単に変えられるものではないと思い、諦めて思考を捨て去る。

でも、君のペースに躍らされるのは悪い気分ではなかった。

「そういえばどのくらい見えなくなったの？」

「あー……」

そろそろ聞かれるだろうと思っていた。君は付き合ってから一か月ごとに、僕の進行状況を聞いてくる。

「言いたくなければいいけど」

「いや……赤が少しずつ見えなくなってきた。赤茶とか赤に近いオレンジとかも」

「そう……でもそのくらいのペースよね」

「まあ」

静寂が僕らを包む。

「大丈夫」

僕はそれだけ答えた。本当は不安で仕方ないけれど、それを悟られたくなかった。

「そう」

素っ気なく、追求する気もないような返事だった。けれど今の僕には、それがとても愛のこもったものに感じた。

＊

「わかるわけないだろ……」

誰にも聞こえないように、ぽつりと呟いた。

ついにやってきた、期末テスト最終日、最後のテスト。僕は目の前の色鮮やかなはずの画面を見て、頭を抱えた。

そう、これは件《くだん》の色彩テストだ。情報室に移動して、パソコンの画面に映し出された色に対して、見える見えないを打ち込んでいく。この結果は直接医療センターに送られ、学校に見られることはない。それだけが救いだった。

どうしよう、わからない。僕は焦っていた。目の前に映し出された色彩の半分以上が、白や灰色に見える。

『赤系統の色』と、画面には書いてあった。病気が進行しているのは気づいていたはずなのに怖い。ただ日常の中であまりにも自然に消えていき、気づいたときには白や灰色になっていたから、こんなにも見えなくなっていることはわからなかったのだ。

この部屋は冷房がガンガンに効いている。寒いはずなのに冷や汗が出てきた。マウスをクリックする指が行き場をなくす。何度目をこすって頭を掻いたことか。気づけばチャイムが鳴っていた。

「終わりです、画面の終了ボタンを押して」

試験官の言葉で、みんなが歓喜の声を上げる。

「やっと終わったー！」

ひときわ大きなこの声は翔のものだろう。僕は静かに終了ボタンを押し、席から立ち上がった。

「大丈夫？」

振り向けば君がいて、僕に声をかけてくる。心配そうなその顔を見て、僕はみんなでテスト勉強をしたあの日のように強がって笑ってみせた。

「大丈夫」

不器用な、頬が引き攣った笑い。悪いけれど、今の僕にはこれが精一杯の笑顔だ。すると、君はいきなり僕の手を引っ張って歩き出した。

「え……立波？」

情報室を出て廊下をどんどん突き進み、それでも君は足を止めない。

「立波、どこ行くんだよ」

返事をせず君は歩く。連れていかれたのはいつかの階段裏だった。君が里香に呼び出されたときに、助けた僕が君を抱きしめた場所。君は僕の手を離すと、そこに座り、両手を広げた。

「はい」

「いや、全然わからないんだけど」

とりあえず君の目の前にしゃがんでみる。すると突然、抱きしめられた。

「は、え？」

戸惑う僕は君の両手によって頭を抱えられていて、身動きができない。

「大丈夫」

君の声が、僕の耳もとで響く。背中に回された片方の手が、僕の制服を強く摑んだのがわかった。

「大丈夫だよ」

そう繰り返し、ゆっくりと僕の頭をなでる小さな手。僕はその肩に顔をうずめた。震えているのが僕の方なのか、君の方なのかはわからなかった。

「あなたは嘘が下手くそね」

つぶやくように言う声が頭上から降ってくる。気づいていたんだ。あの日のことも、今日の強がりも。僕はふいに泣きそうになった。

「ありがとう……」

小さく振り絞った声は、君に聞こえただろうか。

91/365日

「あなたの症状は確実に進行しています」

「そうですか……」

　その日の放課後、僕は定期検診のために病院に来ていた。目の前で椅子に座っている先生は、マウスを何度かクリックしながら、僕が一週間前に行った色彩テストの結果を見ている。

「赤系統はもう半分ほど見えないようですね。あと濃いピンクなどピンク系統は完全に見えないでしょう」

「見えないもそうなんですけど」

「なんですか？」

「どんな色だったかも思い出せないんです」

　僕は先生の目を見て、そう言った。

「無彩病で見えなくなった色は記憶の中からも抜け落ちます。思い出すことさえできなくなる。色が蘇ることはないし、もしあったら奇跡としか言えないでしょう」

ああ、なるほど。どうりでなにも思い出せないわけだ。記憶の中の鮮やかな色彩は、モノトーンに侵されている。

先生は言葉を続けた。

「『自分はそのうち、空の色がわからなくなる。木々の色も花の色も。愛する人が照れ笑いをした、赤く染まった頰さえ見えなくなる』」

「え？」

「『だから、最期まで愛する人が見る世界を隣で見ていたい。世界がモノクロームに支配されるその日まで。これが自分のわがままだ』」

まるでドラマの台詞のような言葉を言い切った先生が僕を見て、困ったような顔をした。

「この台詞はあなたと同じ、無彩病の患者が私に言い放った言葉なんです」

「俺と、同じ……」

「あなたが最期までどう生きるのかは自分で決めることだから、私は口出ししません。でも、あなたが大切な人とどうやって生きていくのか、それはとても大事なことだと思いますよ」

大切な人を思い浮かべた。家族、友人、幼馴染——恋人。僕の病気を知って、支えてくれている君。僕が死んだとき、君にどんな顔をさせてしまうのだろうか。

あの日僕が言った、付き合ってくれるのかという言葉。それがどれだけ大きなことだったのかをいまさらになって考えた。そもそも、僕はまだ正直に君に好きだと伝えていない。里香に呼び出されたとき、たしかに君のことが好きだと言ったけれど、それは君に向かって言った台詞ではなかった。君から僕を好きだと聞いたこともない。

このまま契約のような恋を続けた先になにが待っているのか。君は僕を正直者と言うけれど、伝えなければならない言葉を胸の中に隠している僕のどこが正直者なのだろう。本当の気持ちが怖くて言えない僕は、ただの臆病者だ。

✿

いつの間にか、蒸し暑い夏がやって来た。張りつく前髪がうっとうしいのか、君はため息をついた。

「ゲリラ豪雨……」

「そう聞くと一気に気分が下がるわ」

「じゃあ、なんて言えばいいんだよ」

「夕立」

「そんな綺麗な感じの雨じゃないだろ、これ」

ふたりでびしょ濡れになって、古びた店の軒下で、立ち往生していた。不機嫌な君の顔を隣で見つめる。放課後、一緒に帰っている最中に突然の雨に襲われて、僕らは頭からつま先まで水浸しになってしまった。

「制服がまとわりついて気持ち悪いわ」

「本当にな」

濡れた肌に当たる風は生温かい。スカートを絞った君はハンカチで髪を拭いたが、あまり効果はないようだった。

ふたりの間に沈黙が流れてから、どのくらい経ったかわからない。あきらめてハンカチをしまった君が唐突に口を開いた。

「雨がやむのと同じように、無彩病も治ればいいのにね」

しゃがみ込んで膝を抱えた君が、呟くように言った。僕が初めて聞いた、君の弱々しい声だった。

「いきなりどうしたの」

僕もゆっくりと、隣に腰を下ろす。今、世界を支配しているのは僕の声と君の声、そして降りやまない雨の音だけだった。

「だって、無彩病に治療法がないなんて絶対嘘よ。あるに決まってる」

「でも、現段階ではないだろ」

「まだ実用化は不可能だとしても、きっとできるはずよ」

「今日はどうしたの、そんなに焦って」

いつもの君とはちがう、どこか切羽詰まった様子だった。

「蒼也くんこそ焦ってないの」

「これでもかなりメンタルにきてるよ」

ゆっくりとではあるが、日に日に見える色は少なくなっていくし、季節はどんどん過ぎていくのだ。これに焦らずにいられるだろうか。

この後消える色は何色か日々考えてしまう。自室のカレンダーには黒の手紙を受け取った四月七日から毎日バツ印をつけて日付を数え、死ぬまでのカウントだって、気づけば心の中でしていたりする。

この前だって君の肩にもたれかかって泣きそうになったし、想像以上に僕は死の恐怖と隣り合わせの日々を送っていた。

そういえばと、先日病院に行ったときのことを思い出した。僕が死んだ後、君はどうなるのだろう。どんな思いをさせてしまうのだろう。

僕が死んだ後、君はどうしますか――なんて、口にしようとした言葉は声にならずに消えていく。


その週の土曜日、照りつける太陽から逃げるように僕は部屋にこもっていた。

クーラーの効いた部屋で棒状のアイスを口に含み、椅子をクルクルと回転させながら天井を見つめる。僕が無彩病にかかってからあと二日で百日になる。このことを知っているのは、いまだ主治医と君だけだった。

食べ終わったアイスの棒をガジガジと噛みながら、棚の中から一冊のノートを取り出す。これは発症を告げられたときから書き綴っているものだ。

鮮やかなライトブルーに染まったそのノートは、よく晴れた日の空や透き通った海と同じ色……桜色とは真逆だ。一枚一枚めくれば、僕の本音がそこに書いてあった。

新しいページを開き、今日も本音を綴る。

「『九十八日になった。あと二日で百日』」

口に出しながらシャーペンを動かす。

『あっという間に時が過ぎていく。俺は……俺は、死にたくない』

その言葉を書いて、乱暴に消した。うっすらと筆跡が残る。

「書けばいいじゃん……」

自分に向かって言ったが、右手は意思を持ったように動こうとしない。ここに残してしまえば、なにかが変わってしまう気がした。

そうだ、僕は君に会ってから生きたいと願うようになったんだ。だから、この言葉を書いてはいけない。書いたら君に怒られそうで。

手が止まり、静寂に支配されていた部屋に、突然スマートフォンから音が流れた。

「びっくりした……誰だよ……」

ノートを閉じてスマートフォンを手に取れば、君からのメッセージが入っていた。

『明日、矢田くんと里香ちゃんと話してた花火大会に行けますか？』

テスト前、四人でした遊びにいく約束のことだ。

「そうだ、明日だっけ」

バツ印で半分ほど埋め尽くされたカレンダーを確認する。七月十三日。予定なんてありはしない。

『行ける。どこ待ち合わせにする？』

返事をするとすぐに返信が来る。さては今暇だなと思いつつもメッセージを見る。

『じゃあ明日、駅前の広場に五時で』

『了解』

返事をしてベッドに倒れ込んだ。するとノートまで一緒に落ちて僕の顔に当たる。

「痛っ……」

ノートを摑むと落ちた拍子に開いたページに書かれた文字にふと目が留まり、思わず身を起こす。

『まだ、立波に面と向かって好きだと言っていない』

「そうだった……」

僕はまたベッドになだれ込む。

この恋が始まって九十八日が経つのに言えていないのは、僕が恥ずかしがっているからだけではない。君に僕への気持ちがあるのかわからない、というのもひとつの理由だ。

しかし最大の理由は……。本当に好きだと伝えて今よりも真剣に付き合うようになったら、僕が君を置いていく覚悟をしなければならなくなるからだ。この病が治る確率は、一パーセントもないのだから。

もし好きと言って、君と本気で付き合ってしまったなら……僕は必ず君をひとりにする。

その事実に耐えられなくて、今の今まで伝えられなかった。

「なあ、立波はさ。先に逝く俺を許してくれる?」

スマートフォンの画面に映る、君が送ってきたかわいらしいスタンプに問いかけたが、答えが返ってくることはなかった。

99/365日

容赦なく日差しが照りつけるうだるような炎天下の中、待ち合わせ場所の駅前の広場に僕は立っていた。

時刻は午後四時五十分。街灯の周りに建てられた危険防止の手すりに腰かけ、家から持ってきたペットボトルを顔に当てたが、中身はすでにぬるま湯のようだった。

「暑い……」

七分袖のYシャツの襟もとを摑み扇いでみても、効果はなし。もうすぐ五時だというのに沈む様子のない太陽に、僕はひとつため息をついた。

「帰りたい」

こんな暑さの中で動くのが辛く、今すぐクーラーの効いた部屋に戻らせてくれと願う。

そのとき、

「よう」

言葉とともに、ペットボトルが僕の手の中からすり抜けていった。見上げれば白い半袖シャツを肩までまくった翔がいた。

「うわ、これぬるい」

人の飲み物を勝手に奪ってすべて飲み干した挙句、文句を言っている。相変わらずの勝手ぶりにもうなにも言うことはあるまいと、またため息をついた。

「ため息ばかりだと、幸せが逃げていくぞ」

「誰のせいだよ」

「俺のせい？」

「わかってるじゃん」

空になったペットボトルを、翔は遠く離れたゴミ箱に投げ入れる。見事入ったシュートを喜ぶ翔に、軽い拍手をしておいた。

「で、まだ来てないの？　てっきり俺が最後かと思った」

「そうだな、俺もそう思ってたよ。ていうか、お前が待ち合わせに間に合うとは思わなかった」

「うん、なんかたぶん奇跡が起きたんだな。自分でもびっくりしてる」

そう、この男には待ち合わせという概念がない。約束なんてあってないようなもので普段、平気で遅刻をする。そんな人間が時間どおりに来るなんて、今日はなにが起きてしまうのだろう。

「あ、来た」

僕は腰かけていた手すりから立ち上がり、翔が手を振る先を見る。

「あれ里香、浴衣じゃん……立波も？」

白に黄色の花が咲いた浴衣を着ている里香のうしろに見えたのは、浴衣姿の君だった。息が止まる。藍色に水色の花が咲いた、里香とは対照的な落ち着いた浴衣を着て、長い髪はうしろで束ねられている。少しはみ出た後れ毛が君の綺麗な首筋にかかっていた。

すれちがう人はみな、君を目で追う。白い肌がやけに映え、いつもとはちがう雰囲気の君が近づいてきて、僕を見つめた。その瞬間、その色素の薄い茶色い瞳に吸い込まれる。

初めて君に会ったときと同じように、時が止まったかのような感覚に陥った。

「――くん、蒼也くん」

「うわ、はい」

いつの間にか目の前にいた君に、驚きの声が出る。

「どうかしたの？」

上の空だったくせに、言葉を続ける君に大丈夫と素っ気なく返事をしてしまった。

だって言えるものか、見惚れていたなんて。

「遅れてしまってごめんなさい。準備に時間がかかってしまって」

「先に言ってくれてたら、迎えにいったのに」

「さすがに、そこまで甘えるわけにはいかないわ」

笑う君がいつもより魅力的で、思わず目をそらしてしまう。

「花火だし、女子は浴衣だろということで着てみました！　どう？」

「馬子にも衣装とはこのことだなと思った」

「調子乗んな、矢田」

ふざけた台詞を翔が言って、里香に殴られている。馬鹿だな、言わなければいいのに。

遠巻きにそのやり取りを見ていると、僕の前で君がくるりと回ってみせた。

「どう？　変じゃないかしら？」

いつもの余裕そうな表情はどこへやら、少し心配そうに聞いてきた君に僕は笑ってしまった。

「な、なんで笑うの」

だっていつもの君じゃないみたいだからと心の中で返事をし、君に向かって笑いかける。

「似合ってるよ」

夢のような時間は始まったばかりだ。

待ち合わせの広場から花火大会の会場までは歩いて十分くらい。会場に近づくにつれ、人が増えてきた。

「すごい人だね」

目の前には焼きそばや綿あめ、金魚すくいなどお祭りさながらの出店が立ち並び、店先はたくさんの人が群がっている。隙間がないくらい屋台で埋め尽くされた道は、人々の活気であふれていた。

「まず、なに食べよう」

目を輝かせた里香に、すかさず翔が突っ込む。

「食べることしか考えてないのな、お前」

「うるさいわよ」

相変わらず仲がいいのか悪いのか、言いあいをしているふたりを見て君は笑っている。

こういうのもいいかもな。微笑ましくふたりを見つめる君を見て、そう思った。

思えば、僕は去年もこの花火大会に里香や翔、友人たちに誘われてやってきた。そのときは正直、人込みが嫌でとにかく帰りたかったし、はしゃぐ友人たちを見てなにが楽しいのかわからなかった。

気合いを入れた浴衣姿でひたすらアピールしてくる女子に、興奮する男子。汗ばむほどの熱気に騒音としか思えない声。空に咲く光の花すら、なにが綺麗なのかわからなかった。

でも君が隣にいるだけで、そのすべてがすばらしいものに思える。僕は単純な人間なのかもしれない。

「あ、あれ！　たこ焼き食べたい！」

「俺も俺も」

「おい翔、里香、はぐれる！」

駆け出したふたりに声をかけたが、一瞬のうちに人込みの中に消えていってしまった。

「嘘でしょ……」

頭を抱えた僕に、君は大丈夫だと言う。

「きっとそのうち、電話がかかってくると思うわ」

「だといいけど」

君はスマートフォンを取り出して、彼らにメッセージを飛ばす。

「気づいたら連絡してって送ったわ」

ありがとうと言おうとすると、君に誰かがぶつかってきた。

「危ない！」

下駄を履いていたからなのか、バランスを崩して転びそうになった君を僕は急いで受け止めた。君の顔が僕の肩口にすっぽりとはまる。密着する体に僕は思わず唾を飲み込んだ。

「ごめんなさい！　大丈夫？」

顔を上げた君との思いのほか近い距離に、僕は思わず目をそらす。

「大丈夫。立波、怪我は？」

「ないわ。人込みに気をつけなきゃ……」

何事もなかったかのように体を離す君に、少し残念だと思った。

「そうだ」

「なんだよ」

声を上げた君は、僕のYシャツの袖を少しだけ摑んで満足そうな顔をする。

「これで離れないわ」

嬉しそうに微笑む君が眩しくて、僕はまた目をそらした。

「行くよ」

「うん」

僕の後を少し早歩きでついてくる君に、僕はなんだかいてもたってもいられなくなって君の手を袖から振りほどいた。

「え……」

君の声がしたと同時に、その手を握ってまた歩き出す。

「こっちのほうが歩きやすいから」

必死に赤くなっているであろう顔を隠すように、空いてる右手で口もとを覆いながらゆっくり歩く。君の笑う声が聞こえたけれど横は見ない。こんな顔を見せられるか。

「そうね」

握り返された手から、温もりが伝わってきた。繋いだ手を引っ張って、喧騒の中を歩く。

時折寄り道をして、屋台で買ったたこ焼きをふたりで分け合い、君の綿あめを一口食べてみたりする。かき氷で舌が真っ青になって、あんず飴をかじるその横顔に目を奪われた。取れもしない金魚すくいに夢中になって、射的で景品を撃ち落としてハイタッチした。

気づけば時刻は八時前になっていた。メールを確認するも、ふたりからの連絡はない。あと少しで花火が打ち上がる。もういいかと急いで歩き、たどり着いた先は誰もいない高台の公園。去年来たときに知った穴場だった。

うんていや滑り台が一緒になっている複合型遊具の端に腰を下ろそうとしたが、足場の凹凸部分に砂が溜まっていた。僕はポケットからハンカチを取り出し、君の座る場所に敷く。僕は左隣に座って、うしろにある小さな階段に体を預けた。

座れるといっても子供用の遊具の足場だ。少し開いた僕の足は君の足に触れてしまうくらい近い。さきほどまで手を繋いでいたというのに、この距離があまりにも心臓に悪くて、少し離れるように体を階段側に寄せる。

両腕を組み、右に視線を向けると、君の両手は膝の上で重ねられていた。

「なんか、右隣に座られるの新鮮」

「学校ではいつも左隣だから」

射的で僕が取った小さな犬のぬいぐるみをなで、君がぽつりと言う。

「……楽しかったね」

「……そうだな、まさかふたりとも金魚すくい取れないとは思わなかったけどな」

「あれは難しかったわ、金魚すくいなんて久々にやったから」

「立波、一瞬で破けたし」

僕が思い出して笑うと、むくれた君は僕の手を叩く。

「痛くないですよー」

「もう……、自分だって駄目駄目だったくせに」

「それを言われたら、返す言葉がないじゃん」

ふたりで見つめあって、同時に噴き出した。

「たこ焼き、熱かったね」

「ああ、舌やけどした」

「綿あめ、蒼也くんの一口大きかった」

「それは何回も謝ったじゃん」

わざと頬を膨らませて言う君に、僕も言い返す。

「かき氷、おもしろかったね」

「舌冷やせたのはよかったけど、今度は真っ青になった」

「あんず飴、おいしかったなあ」

「立波、あんず飴似合ってたな」

「なにそれ」

「なんとなく」

ふたりで星がきらめく夜空を見上げながら、今日の思い出を話す。

「射的上手でびっくりした」

「ああ、昔よく弟に景品せがまれてさ。取れるように祭りのたびに練習したんだ」

「毎年？」

「そう、毎年」

これまでの夏祭りを思い出す。弟の面倒を見るため、屋台のゲームスキルに磨きをかけた。これから先、必要のない能力だと思っていたが、君を楽しませられたなら十分だ。

「楽しかったね」

「……そうだな」

ふと、空気が静まり返った。

「今日が終わらなければいいのにと思った」

「俺も思った」

君と一緒の気持ちだと知って、胸の奥が温かくなる。

「今日、蒼也くん、会ったときから目を合わそうとしなかったから……」

もしかしたら楽しめないかもしれないと思った、と君は言葉を続けた。

「えっと、それは」

「なに？」

僕らの視線は、いまだ星の輝く空に向けられていた。

「あー、あのさ、その、浴衣が似合ってたから。なんていうか思わず目をそらしたっていうか」

君が僕の方を向いたのが気配でわかる。でも、僕は真っ直ぐ前を向いたままだ。

「ありがとう」

君の声と同時に、空に大輪の花が咲いた。大きな音に、僕たちは思わず体を震わせた。反射的に組んでいた僕の手がほどけ、寄りかかっていた背が真っ直ぐになって君の肩に軽く触れる。

「びっくりした……」

「びっくりした……」

まったく同じ言葉が隣から聞こえた。

「ハモッたね」

「ハモッた」

こらえきれなくなって、僕は君の方を見て、声を上げて笑った。

「おもしろいねえ」

「本当にな」

笑いが収まった君は夜空を見上げた。僕も隣で同じように空を見る。

宙に咲く花々は咲いては散り、雨のように降り注いで灰と化していく。音とともに咲いた大きな花は青色から灰色に色を変えて消えていく。僕の視界に映る空は時にモノクロ写真のようだった。

あれはたぶん赤系統の色だろう。青色で輝いたのち、赤系統に姿を変えているから僕の目には灰色に映るのだ。紺色の空に咲く花はところどころ灰色で、一見美しくないように思えるが、不思議と去年見た花火よりずっと綺麗に見えた。

鮮やかな光に君の横顔が照らされ、瞳が輝いている。感動して薄く開かれた唇がどこか間が抜けていて、かわいかった。空に夢中の君は、僕が見つめていることなんて気づきもしない。

両手を合わせ軽く拍手している君の姿は年相応の女の子で、いつもの君とはまるでちがっていた。

その表情に僕は思わず伝えたくなった。君に言うのをずっとためらっていた言葉を。

「見て蒼也くん、今の青色のすごく大きかっ……」

振り向いた君に僕は口づけをして、言葉を遮る。ゆっくりと唇を離すと、君の驚く顔が間近に見えた。

「好きだ」

その言葉が届いた後、空にまた花が咲く。

「本当はずっと言うつもりはなかった。言ってしまったら、絶対に最期は悲しませるから。でも、このまま隠せるほど器用じゃないんだよ、俺」

色素の薄い綺麗な瞳を見つめながら、僕は続ける。

「好きだよ、緋奈。俺とちゃんと付き合ってくれませんか？」

君の目が潤んでいく。固まった表情のまま、なにかを言おうとしているその唇は震えている。

「遅いよ」

泣きそうな顔の君は揺れる声で言葉を紡ぎ、目を伏せた。両手を頬に当て顔を隠す。

「夢みたい」

「夢かもよ」

「夏の夜が見せた？」

「そう、一回限りの夢」

「なら二度と覚めないことを願うわ」

君はふいに立ち上がり、僕の腕の中に飛び込んでくる。

「俺も覚めないことを願っていいかな？」

「いいわ、きっと覚めることはないから」

「それはOKってことでいいの？」

「うん、私もあなたが好き」

空にはまだ花が咲き誇っているはずだけれど、今、僕の視界を埋めるのは君の黒髪だ。抱きあいながら、僕らはあの日のように口づけを交わす。

どうか夢なら覚めるな。これが一夜限りの夢だとしても、この瞬間が永遠に続けばいいのにと願った。

翌日、体は自然にあの公園に向かっていた。もうすぐ陽が暮れそうだが、青々とした葉をつけた桜の木の下のベンチに座ると、夏の風が頬を掠めていく。昼までの空気とはちがう、どこか切なさを感じさせるこの時間が僕は好きだった。

「やっぱりいた」

聞き慣れた声に驚き顔を上げると、里香がコンビニの袋を片手に提げていた。袋からチューブタイプのアイスを取り出して、半分に割ってこちらに投げてくる。

「ナイスキャッチ」

地面に落とさずに受け取ったが、なんでいるのだろうか。

「ありがたく食べなさい」

「なに企んでんの」

「ちょっと話がしたかっただけ。ここにいるかなって思って来てみた」

そう言いながら里香は隣に座って、アイスを吸う。

「昨日は楽しかった？」

「楽しかったけど……お前ら自由すぎだから」

結局、里香と翔とは花火大会が終わってから合流したのだ。

「なにをいまさら。もう慣れたでしょ」

「慣れたくなかった」

いつもしている他愛もない話だ。里香がなにを話したいのかよくわからないが、僕ももらったアイスを食べる。

「蒼也さ」

「なに」

「緋奈のこと、好き？」

「いきなりなんだよ」

「いいから答えて」

はあ？　と言ってため息をつく。相変わらず面倒臭いやつだ。そんなことを聞いてどうするのだろう。

「好きだよ、ちゃんと好きだ」

「そっか」

「おう」

ふたりで無言でアイスを吸っていると、幼い頃に戻った気がした。僕らは隣にいても、無言でいるときがあった。これはお互いがなにか、言いたいことを言おうとしている沈黙なのだ。それに僕は気づいていて、彼女も気づいたうえで言葉を選んでいる、静かな時間。

里香が君を呼び出した後から、翔や君を交えて四人で話したり、出かけたりすることはあっても、ふたりきりで過ごすことは一度もなかった。

あの日から変わってしまった僕らの距離を、少し気まずいと思っていた。

「前も言ったけどさ」

「うん」

「やっぱり里香、蒼也のこと好きだよ。本当に好きだったの。子供の頃から、いつも蒼也の背中を追いかけてた。その隣を、手を繋いで歩きたかった。ずっと、一緒にいられると思ってた」

「…………」

「ずっと、好き〝だった〟。でも、もうやめる。叶わないってわかったし、それ以上に」

そこで言葉を切って里香は立ち上がり、僕と目を合わせた。

「蒼也は緋奈といるときが一番笑ってるから」

「え……」

「自覚なかった？　すごい楽しそうだよ。蒼也も、緋奈も。だから好きだったって言いたかっただけ。あー、スッキリした」

清々しくどこか吹っ切れた表情の里香を見て、僕はなにも言えなかった。

里香が僕を好きな理由は、ただ昔から隣にいたのが僕だっただけ。君を呼び出したのも、ずっと近くにいたお気に入りのおもちゃを取られたくないと駄々をこねる子供のような感覚からだと思っていた。だから、彼女の真剣な思いに気づくことはなかった。

「蒼也。緋奈のこと大切にしなよ」

「……わかってる」

「約束ね」

いつもの快活な笑顔を見せ、ぽんっと僕の肩を叩いた里香はそのまま帰っていった。

夏の夕暮れ、涼しくなった風がひとり公園に残った僕を包む。

今はもう認識しにくくなった夕空に手を伸ばした。どうすればよかったのかなんて考えても、答えが出てこないのは知っている。

なんだか無性に君に会いたくなって、ポケットからスマートフォンを取り出した。電話帳を開き、通話ボタンを押そうとして指が止まる。

「なに、ためらってるんだろう俺」

君に会いたくて声が聴きたいはずなのに、ボタンを押すはずの親指は動かない。

「電話してどうするんだよ」

もしもし、今里香に好きだったって言われた、なんて言葉を言うために電話するのか。君のことだから僕になにかあったことなんて、声の様子でわかってしまうだろう。また君に頼る羽目になるから、言いたくないと思った。

スマートフォンの画面はいつの間にか暗くなっていて、僕はそれをポケットにしまった。が、すぐに小刻みに振動し、僕は驚いて小さく悲鳴を上げる。

「うわっ……誰だよ」

もう一度取り出して着信画面を見れば、そこには『立波緋奈』と表示されていた。なんてタイミングがいいのだろうか。通話ボタンを押そうとした指が再び躊躇する。

十を超えるコールが過ぎた頃だろうか、君からの着信が途絶えた。なにに安心したのかはわからなかったけれど、思わず、ふうっと息を吐いた。

おかしいな、君の声があれほど聴きたかったはずなのに、いざそのときになると動けなくなる。

「馬鹿みたいだ」

自虐的な笑みが零れた。僕はいつからこんな人間になったのだろう。少なくとも君と出会うまではこんなことはなかったはずだ。他人の気持ちなんてどうでもよくて、考えたこともなかった。

「すごいよ、あいつ」

手もとのスマートフォンが再び振動する。画面にはまた君の名前が表示されている。

「出なくちゃいけないやつだ、これ」

震える親指に力を込めて、通話ボタンを押した。

「も、もしもし」

声が裏返った。が、言葉は返ってこない。

「立波？」

「緋奈」

「え？」

「昨日は緋奈って呼んでた」

「あー」

「もうちゃんとした恋人同士じゃなかったんですか？　新藤くん」

不機嫌な声で、君はわざとらしく僕を名字で呼ぶ。

「え、あー、えっと、緋奈」

君の名前を呼んだのは、里香が呼び出したときと昨日の告白のときの二回だけだったはずなのに、ひどく呼び慣れた名前のような気がした。

「はい」

嬉しそうな声が返ってくる。君は電話越しだといつもよりわかりやすかった。

「なにか用？　どうかした？」

「蒼也くんに呼ばれた気がしたので、かけてみました」

「え……」

僕は息を吞んだ。ついに君は僕の心まで読めるようになってしまったのかと焦る。

「なんて嘘です」

「嘘かよ」

「里香ちゃんから電話があって、自分のせいで蒼也くんを困らせたから後はよろしくねって言われたの」

「里香が？」

先ほど、目の前から去っていった幼馴染の姿を思い出した。

「……馬鹿かよ、あいつ」

僕を困らせたなんて、自分の方が傷ついているくせに。

「で、なにかあったの？　っていってもだいたい予想はついているんだけど」

「なんでわかってるんだよ」

「さあ、なんででしょう」

君は得意げな声で返す。これは教えてくれそうにない、そんな声色だった。

「ちなみに蒼也くん今、外？」

「ああ、うん。水縹公園にいる」

「そっか。ねえ、うしろ向いて」

電話越しに聞こえていた声が反響する。急いで振り向けば、そこには君が笑って手を振っていた。

「な……んでいるんだよ」

「内緒」

立ち上がった僕の数メートルうしろ、水色の爽やかなワンピースに身を包んだ君が唇に人さし指を当てている。

もう少しで落ちてしまいそうな太陽と反響する蟬の声、涼しい風が僕らを包む不思議な時間だった。

ただ見つめあうだけで歩み寄ることもせず、どのくらい経っただろうか。僕が沈黙を破った。

「なんで来たの」

「来たら駄目だった？」

「駄目じゃないけど……」

なにを気にかけるわけでもなく、君は僕の横をすり抜けてベンチに腰かけた。

「里香ちゃんに謝られたの。ごめんなさいって。これで終わりにするって」

「なんだそれ」

「きっと自分のせいであなたが困ってしまったから、あとはよろしくねって私に言って、場所を教えてくれたの」

「だからか」

僕は君の隣に座る。次の言葉を待つように君は空を見上げていた。君はいつも僕が考えて話すまで、待っていてくれる。急かすわけでもない、重たい空気でもない。ただ、優しく隣にいてくれるのだ。

「緋奈はさ、自分の選択がまちがっているかもしれないって思ったことはある？」

「どうして？」

僕らは昨日と同じように、空にうっすらと輝きだした星を見ている。

「さっき、って言っても一時間前くらいなんだけど、里香に好きだったって言われて思ったんだ。里香はずっと、ただ小さな子供がお気に入りのおもちゃを取られたくないような、そんな感情で好きって言ってると思ってた」

「うん」

「でもあんな顔初めて見て、ようやく本気だったってことに気づいた。近すぎて気づかなかった。好かれてるのは知っていたけど、もっと早くに本気だって気づいてたら俺らの関係も変わってたんじゃないかなって」

「変わってたって例えば？」

　空っぽになったアイスの容器をゴミ箱に投げる。かさっと音を立て上手に入ったゴミを一瞥してから僕は腕を組んだ。

「例えば、もっと早く、里香とは付き合えないとか言えていれば、期待させずに済んだかもしれないし、なにより」

「なにより？」

「もう元通りには戻れないなんてこと、なかったかもしれない」

　どうしようもないこと。君に言っても変わらないのに、言わずにはいられなかった。

「人は大切ななにかを得るためにほかのなにかを捨てていく。それはしょうがないことだと思うの」

「うん」

「でも蒼也くん、今の里香ちゃんの気持ち、わかってない」

「え？」

　僕は聞き返す。君は僕の目を見て、眉を吊り上げた。

「里香ちゃんはなんで私を呼び出したのかわかる？　蒼也くんがこういう風に悩んでしま

うのがわかったからよ。昔のようにはいかなくても、気にして今まで通りの関係に戻れないのが嫌だったから、気にしないでって言うために私にお願いしてきたんだよ」

幼馴染の気遣いとその強さに、そう言われて初めて気づいた。少し怒ったように、君は僕に言い聞かせる。

当たり前で見えていなかった。気づいているようで本当は気づいていなかったものを、こんなにも簡単に僕が取り零していたものを、君は気づかせてくれたのだ。

「本当はこのこと言わないでって言われてたの。でも、それじゃなにも伝わらないから」

膝の上、握りこぶしがワンピースにしわを作っている。君の思いが伝わってきた。

「ありがとう」

君は驚いて顔を上げた。僕は繰り返す。

「言ってくれてありがとう、そうじゃなきゃ、一生わかったふりをしたまま過ごしていたから」

握りしめられた君の右手を解き、僕は手を絡めた。自然と握る力が強くなる。その手は優しく握り返してくれた。

「うん」

小さな返事だった。うつむいたまま僕の左手を握りしめ、君は今、なにを思っているのだろうか。答えなんて聞けないまま、夜が僕らを包み込んでいく。

115/365日

「蒼也ー!!」

階下から自分を呼ぶ声で目が覚めた。重たい瞼を擦りながら、布団の中で寝返りを打つ。夏休み真っ只中なんだし、まだ寝ていたってかまわないはずだ。再び襲ってきた睡魔に身を任せ、夢の世界に落ちようとしていた、そのときだった。

「起きろって言ってるでしょ!!」

僕を包み込んでいた薄手のタオルケットが、いきなり剝がされる。驚いて起き上がれば、そこには里香の姿があった。

「え？　里香？　は……なんで……」

「なんではこっちの台詞よ。今日ゆずちゃん連れて出かけるんでしょ、早く起きなさいよ！」

「いや待て、なんでお前が知ってるんだよ。てかまだ六時！　六時だから！」

たしかに今日、妹のゆずを連れて出かける約束をしていた。妹が行きたいと言っていた子供向けアニメのミュージアムに母が一緒に行く予定だったが、あいにく仕事が入ったらしく僕が連れていくことになったのだ。

そんな話を君にしたら、『楽しそうね、ひとりで大変だったら私もついていくわ』と言ってくれた。

『ねえねも行くの!? やった!!』

妹に伝えると案の定、大喜びしたのだが。待ち合わせは十時で現在は六時だ。駅まで妹を連れて歩いても十分程度なので、どう考えてもまだ寝ていられる。

「なんで起こしたんだよ!!」

僕は里香に向かって怒鳴った。妹もまだ寝てるであろうに、なぜこんな理不尽なことをされなくてはならないのだろう。里香はいたずらが成功したかのように笑っている。

「なんで笑ってるんだよ」

「いやぁね、実はですね。その時計見てください」

笑いながら指さした時計に目を向けると、六時ピッタリ。あれ？ さっきから針がまったく動いていない気がする。

「その時計、止まってるよ」

「おい待て、嫌な予感がする」

「現在の時刻は十時です、お疲れさまー」

「はあああああ!?」

大声を上げた。まさか、そんなはずがないと思い、枕もとに置いてある自分のスマートフォンに手を伸ばし時間を見れば、十時と表示されている。

「いやー、ゆずちゃんがね、にいにが起きてくれないのってうちまで来て言うもんだから。来てみればこのざま」

里香のうしろからのぞき込む妹に今さら気づき、僕は急いで謝罪した。

「ゆず、本当にごめん！　今すぐ準備するから」

「あい！」

元気よく手を上げ階段を下りていくゆずを見て、僕は急いで立ち上がり着替えを始める。

「じゃあね」

寝巻のTシャツを脱ぎかけたところで、里香の出ていく声がする。あれ、僕らは今、昔のようにしゃべっていなかっただろうか。

「里香!!」

彼女を呼び止めた。

「ありがとな」

なにに、とは言わなかった。でも言わなくたって伝わっているはずだ。

「当ったり前でしょ！」

得意げな彼女の笑顔が、そこにはあった。

「ちゃんと摑まっとけよ！」

「あい！」

時刻は十時二十分。僕の腕の中で妹が大きく返事をする。炎天下の中、すでに遅刻している僕は妹を抱えて駅まで走る。

原因は完全に、幼い頃から使っているあの時計だ。丸い胴体にベルがふたつ付いている昔ながらのアナログタイプの目覚まし時計は、小学校に入ったとき両親に買ってもらったもので、いまだ大切に使っていた。

昨夜、いつものようにアラームをセットしたのだが電池が切れてしまったようだ。

さっき、君にはメールを送った。申し訳なさでいっぱいだったのだが、急いでいたため、短い文章を送ることしかできなかった。

『気をつけて来てね』

言葉が返ってきたのを見て、安心とともにさらに申し訳なさがあふれてくる。君は基本的に怒らない。むしろ怒ってくれた方がごめんと言いやすいのに。僕はいつも、君に甘えすぎている気がしてならない。

昨日、公園に夜の帳が下りて街灯が僕らを照らす中、君はぽつりと言った。

『大丈夫だよ』

　僕の手を包み込んでそう口にしたそのとき、君の視界に僕は入ってはいなかった。ただ、空を眺めて呟かれたのは、僕を何度も救ってくれた言葉だった。それは僕に向けられたものなのか、自分自身に向けた言葉なのかはわからなかったけれど、僕はひどく安心したんだ。

　君の〝大丈夫〟は、魔法のようだ。

「あ、ねえねだ！」

　腕の中にいた妹が手を振る。そこには淡い水色のワンピースを身に纏った君がいて、こちらに向かって手を振っていた。

「降ろしてー」

「はいはい……」

　妹を降ろすと、君に一直線に駆けていく。

「ゆず、気をつけろー」

　すっかり上がった息を整えながら、少し離れたところから声をかける。無事、君の腕の中に飛び込んだ妹は嬉しそうにキャッキャと声を上げた。

「元気だな……」

　呆れ混じりに笑いながら、君に近づく。

「ゆずちゃん、久しぶり」

「うん、ひさしぶり！」

「元気だった？」

「うん!!」

仲睦まじく話している光景が、とても微笑ましかった。

直接、遅刻についての詫びをした後、三人で電車に乗り、目的のミュージアムに向かう。

到着した建物の前には、アニメの人気キャラクターが勢揃いした大きな時計がどんと待ちかまえていた。

ワーッと周囲にいる子供たちの歓声が響き渡る。僕たちの手を掴んでいた妹は、目の前に広がる光景に興奮し、目をきらっと輝かせたかと思うと走り出してしまった。

「ちょ、こら待て！　ゆず！」

なんとかゆずを捕まえてミュージアムの中に入ると、小さな子供連れの家族であふれかえっている。そんな中、僕らは少し浮いていた。

そうだろう、だってどう見ても高校生のふたりが小さな子供を連れている。外でだってそうだけれど、この空間ではさらに違和感がある。さすがに親子には見られないだろうが。

そんなことを思いながら足を踏み出すと、ほんの少し足の裏が床に沈み込む感覚がした。子供が怪我をしにくいように作られているようだ。これだったら転んでも心配はない。安心した僕は、少し離れた場所から妹を見守ることにした。

「ゆず、ここにいるからな」

「あい！　ねえね、あそぼー」

元気な返事をしたゆずの言葉を聞いて、君は僕の隣をすり抜けて妹の隣に屈み、一緒に遊びはじめた。

「来てくれてよかった……」

思わず呟く。僕ひとりだったらもっと大変だったはずだ。

はしゃぐ妹に君が優しく微笑む。いつか君に子供ができたらこんな光景が見られるのだろうか。そのとき隣に僕がいたら——。叶うことのない夢を見る。

一瞬にして僕の口角が下がった。僕は君が大人になるまで隣にいることができない。君が子供を産んで、幸せな家庭を築くとして、そのとき隣にいるのは僕ではない。

妹にしたってそうだ、僕は彼女が大きくなるまで一緒にいることができない。きっとまだ幼い彼女は、僕のことを忘れるだろう。そして、君も。

すれちがう家族連れがひどく羨ましい。ねえ、僕死ぬんですよ。大切な人たちを置いて、先にこの世界からいなくなるんです。関係のない彼らを捕まえて、今すぐ叫びたい気分だった。

——死にたくない。僕がいなくなった世界で、君が笑っているのが嫌だ。ほかの誰かに笑いかけている姿を、ほかの誰かと結ばれる姿を見たくない。僕以上に大切な人を作らないでほしい。

前髪を掻き上げて壁に寄りかかり、ため息をついた。

本当はあのときに……。花火大会の日に伝えてしまった、言うつもりのなかった言葉が僕を優しく縛り、君に消えない痕を残すとわかっていた。

互いの小指に結んだ赤い糸は、どんなにきつく結んでも僕自身が切ることになる。君の小指にはきっと、きつく結んだ糸の痕が生々しく残るのだろう。僕がいたという証が。

でもきっとその痕はいつか消え、ほかの誰かの糸が優しく結ばれるのだ。切れて落ちてしまった僕と君の糸は、たくさんの人が行き交う中で踏まれ、ボロボロになって形すらなくなるのだろう。

「……おかしいな」

ふっと自嘲気味に笑みが零れた。君の幸せを願わなくてはいけない僕が、どうして一番君を不幸にしようとしているのだろう。

幸せの象徴のように家族連れで賑わう空間で、ざわめきがスッと遠のき、ひとりポツンと取り残されていく気がした。

「爆睡してるな」

「そうだね」

僕の背中に担がれた妹の姿を見て、君が頬を緩ませる。あれからたっぷり遊んだミュージアムからの帰り道、はしゃぎ疲れて寝てしまった妹をおぶって、夕焼けの帰り道を歩く。

「今日はありがとう、助かった」

「こちらこそ、久しぶりにゆずちゃんに会えて嬉しかった」

隣を歩く君は、嬉しそうに妹の頭をなでる。

「家族連れ多かったな」

「それはそうよ、だって休日だもの」

「そっか」

「うん」

坂道を下る僕らの影が伸びている。ふたり並んだ影を見て少し切なくなった。

「んー、ここどこ」

「あ、起きた」

ゆずが背中に手をついてひとつ欠神をし、目を擦っているようだ。

「にいににおんぶされてる！」

「覚醒早いな」

僕におぶられているのに気づくと、途端にはしゃぎはじめる。小さい子の体力とは恐ろしい。

「楽しかったー！」

「そうだね」

君が返事をすると、明るい声で妹が続けた。

「あのね、にいに！　ゆずまた来年もにいにとねえねと一緒にここに来たい！」

その言葉に、思わず足を止めた。隣の君の表情も固まる。

「にいに？」

来年……僕に来年はない。未来の約束なんてできない。

「そしたらゆず、今度はにいにたちとなにしようかな」

無邪気な声が、僕の心をざわつかせる。ちがう、ゆずは悪くないんだ。なにも悪くない。

唇を噛み締めて空を仰いだ。

「そうだな、今日みたいに遊ぼうな！」

わざと大きな声を出して、明るく取り繕った。

「うん！　約束!!」

信じて疑うことのない、嬉しそうな声が返ってくる。君はなにも言わなかった。その気遣いが今はありがたい。

僕は今、優しい兄を演じている。守れもしない約束をして、嘘をついた。幼い彼女は疑うことなく、来年の約束を信じている。

この嘘が正しかったのか、それはきっと最期までわからないだろう。

今まで当たり前にしていた未来の話が、こんなにも悲しいものだとは思わなかった。

地元の駅に着き、君と別れて自宅へと戻る。帰り道はずっと、興奮気味にゆずが今日の楽しかったことを話してくれたおかげで、それ以上余計なことを考えずに済んだ。

でも、二階の自分の部屋に入り、ひとりになると急に虚無感に襲われる。

「どうせだったら、僕の存在自体を忘れてくれればいいのに」

ベッドの上、天井へと手を伸ばしながらぽつりと呟いた。僕の記憶がみんなから消えてしまったなら、きっと悲しむこともなく約束さえ忘れて、過去を振り返ることもなくなるだろう。

――でも。

伸ばした手のひらを握りしめて額に当てた。そしてゆっくりと目を閉じる。

僕の生きた証はどこに残るのだろう。誰もが僕のことを忘れてしまったら、僕はいなかったことになってしまい、ただ戸籍に名前だけが残るのだろうか。

「嫌だ……」

君にだけは覚えていてほしかった。未来で君がほかの誰かと結ばれたとしても、僕はずっと、君の心に残っていたいと願った。

✽

「あなたは嘘が下手くそだわ」

いつかと同じ喫茶店にて、いつかと同じ台詞を言って君はミントの氷が入ったアイスティーを飲んでいる。革張りのソファに背中が沈む、この席が気に入ったようだ。

「やっぱりそう思う？」

「表情に出てる」

君は頬を指差した。僕は頬の筋肉を両手で包んで揉み、眉間にしわを寄せては伸ばす。

「わかりやすいのよ」

「本当に？」

「私でもわかる」

君だけではないのか。ふと、家族や友人たちに病気のことがばれてしまわないだろうかと、少しだけ不安になった。

「ばれないと思うけど」

「エスパー？」

「不安そうな顔してた」

君は僕の眉間を指でつつく。僕はその指を摑んで机の上に置いた。君は肘をつき手のひらの上に顎をのせ、首を傾ける。長い黒髪が流れていった。

「緋奈がわかるだけじゃなくて？」

「そう？」

「いつも俺の顔覗いてくる」

隣にいるときも前に座っているときも目を見て話すから、余計に僕の表情がわかりやすいのではないだろうか。

「見ちゃいけない？」

「いけないってことはないけどさ」

今恥ずかしがっているのもばれたなと思いながら、照れ臭くて視線を外す。君が口角を上げる。絶対におもしろがっている顔だなと思っても、強くは出られなかった。

これが惚れた弱みというやつなのか、君の前では嘘がつけないのだ。

「蒼也くんの周りに鋭そうな人はいないし」

「まあ、たしかに」

里香も翔も、家族でさえも僕の無彩病には気づいていない。このまま気づかないでいてほしい。僕は、日常が壊れることが一番怖かった。

「当たり前の日々を信じ続けたくて」

「そうね」

君はストローでグラスの中をゆっくり回した。氷が音を立てている。そういえば前も同じことをやっていたなと思いながら、溶けていく氷を眺めた。

僕も真似してアイスコーヒーのストローを回すが、君のように上手に回せなくて早々に手を止め窓の外を見る。

照りつける太陽はアスファルトに反射し、陽炎《かげろう》ができている。いつもどおり、当たり前の夏の風景だった。しかし、もう一度見ることは叶わない。僕に来年はやってこないのだ。

「じゃあ、そんな当たり前の日々を過ごすために残りの休みはなにをする？」

いつの間にかスケジュール帳を机の上に出していた君が、ペンを握る。

「まあ緋奈がいる時点でいつもどおりの夏じゃないし、日常は崩壊してるんだけどね」

「……このまま会わなくてもいいわよ？」

「ごめんなさい。特別感があって嬉しいです」

両手を上げ、降参のポーズをしてもまだ君が睨んでくるから頰が引き攣った。

「どこか行きたいところはある？」

「とくに……。暑いの嫌いだからなあ」

「私も好きじゃない」

スマートフォンを取り出して、夏のデートスポットを調べてみる。世間のカップルはどこに行っているのか、参考にしようと思ったからだ。

「海とかプールとかが多いかな」

「……私、泳げない」

「俺も怪我してから怖くて行ってない」

「怪我って前に言ってたやつ？」

「そう左ひざ」

片手で左ひざをさする。

「日常生活に支障はないって言ってたけど、走ったりしてなかった？」

「ああ、でも全力疾走すると痛むときはあるよ。まあ、それくらいかな」

「じゃあ運動系はやめましょう」

僕はスマートフォンをスクロールしてサイトに目を通すが、あまり気になるものはなかった。

毎年、夏の暑さには辛い思いをしている。できることなら外に出たくないし、出たとしても屋内がいい。

「エアコンの効いた自室で、惰眠を貪るのが一番」

「不健康だけどね。気持ちはわかるわ」

「じゃあ出かけるとしても屋内で。ショッピングモールとか行く？」

「映画とかもいいかもね」

僕の死を友人たちが知っていたら、最後の夏なのにそれでいいのかと言うかもしれない。でも、最後だからこそ、なんでもないことをしたい。どこか遠くに出かけてもかまわないけれど、僕にとって君がいればそれで十分なのだ。

当たり前の日常を、去年までいなかった君と実行する。どこに行くわけでもないが、自然と顔が綻んだ。長い休みも君と一緒にいることで、一瞬で終わってしまうだろう。

アイスコーヒーの氷はすでに溶けてしまっていた。

148/365日

九月一日、今日から二学期が始まる。

久しぶりに早起きした僕は、部屋の換気をしようと窓を開けた。途端、むわっといまだ夏の暑さを残した風を感じる。制服のしわを伸ばし、ネクタイをつけようとしてやめた。学校に着いたらつければよいだろう、そう思い鞄に適当に突っ込んだ。

あっという間に過ぎた夏休み。結局、過ぎてみれば概ね去年と変わることのない過ごし方をしていた。基本的には家にいて、妹の面倒を見たり家事を手伝ったりした。たまに友人たちと遊んだりして。唯一変わったのは、君とたくさん出かけたこと。

そう、それ以外は去年と同じように振る舞った。少しでも変わったことをすれば、大切な人たちに気づかれてしまうような気がした。

「結局、全然ばれなかったな」

自宅を出て、学校に向かいながら僕はポケットに手を突っ込む。

今や赤は目に映らなくなってしまった。そして今度は緑色が消えはじめた。赤系統の色がすべて灰色になって改めて気づくことは、目を引くようなあの鮮やかさにはもう会えないということ。

若者に人気のファストフードの看板も、愛する人に贈る定番の花も、幼い頃好きだった三分しかもたないヒーローの胸のボタンもモノクロだ。ケチャップとマヨネーズをまちがえそうになったときは焦った。

すべて灰色に見えるといっても濃度がちがう。桃色などは薄く、真紅と呼ばれる色は濃い灰色。だから、今ではこの濃淡で、見えなくともなんとなく色がわかる。

が、消えていく色はまだたくさんある。だから、そんな簡単な話ではないことは自分が一番よくわかっていた。

『無彩病は、最初に消える色は例外として、基本的に濃い色から見えなくなるんですよ』

一週間前、病院で先生から聞いた話を思い出す。

四回目の定期検診で病院を訪れた僕は、奥にある研究室にいた。改めて色の消え方について質問したのだ。

「君は最初、桜色が見えなくなりましたね。薄い色から消えていくのは珍しいケースのひとつですが、前例がなかったわけではありません。しかし、そのほかの錐体細胞が機能を停止していくときは別です。濃い色から消えていくんです」

「それは、なぜなんですか」

「これはまだ研究途中だけれど、現段階では色が抜けるときと同じだという仮説が有力です。例えばお醤油を服に零したとしましょう、あなたはどうしますか？」

「どうするって……それは拭きますよ。濡らして落ちるまで」

「そう、そのシミを擦っていたらどうなりますか？」

「どうなるって、色が薄くなって消えていきます。まあ落ちなかったら洗濯するときになんとかしなきゃいけないですけど」

「そう、そういうことです」

あ、と声を上げた。こんなありふれた解答だったなんて。

濃い色から消えていく。最近、見えづらくなってきたのが緑系統だということは、晩夏を色づける草木も、後少ししたら灰色になっていく。

そんなことを考えながら桜並木の坂道を上っていった。めずらしく、途中で君や友人と会うことなく教室までたどり着く。

「今日から新学期だ、二週間後のテスト頑張れよ」

二学期最初の朝礼で、担任がわざと翔の方を見て大きな声で言い放った。「まじかよー！」と翔は頭を抱え、教室に笑い声が広がった。

夏を越したクラスメイトたちは、いまだ浮かれた様子で長期休みを忘れられないようだ。部活に励んだ者たちは、少し見ないうちにたくましくなっている。

翔もそのひとりだった。連日のサッカー部の練習で真っ黒に焼けた顔は別人のようで見ていておもしろい。毎年夏に目一杯焼けて、一年かけて白く戻っていく。今年は例年より練習が多かったのか、いつもより黒くなっている。

対象的に、隣の君は相変わらず白かった。みんなが夏に染まった中でたったひとり、透き通るような肌がまぶしい。

「相変わらず白い」

「出かけてもなるべく外には出なかったし。蒼也くんだって白い方よ」

自分の腕と君の腕を見比べても、君の肌は真っ白だった。

夏休み中に君と出かけたときは、すべて屋内だった。はやりの映画を観にいったり、ショッピングモールを当てもなくぶらぶらしたりした。そして陽が暮れてから帰る。紫外線を浴びる時間は少なかった。

「蒼也ー、夏なにしてた？」

「屋内にいた」

「もっと夏をエンジョイしろよ」

「部活三昧の黒焦げには言われたくない」

「黒焦げ!?」

僕のうしろから話に入ってきた翔に、振り向くことなく返事をする。しかし、彼は空いている僕の前の席に座って顔を近づけてきた。間近で見れば、ビターチョコレートと同じくらいの黒さだった。

「いいか、黒焦げなのは俺がスタメンだったからだ。大活躍だったの、この夏」

「あーはいはい、すごいすごい」

適当に返事をすると、僕にくっついてきた翔は酷いと嘆く。

「暑い、気持ち悪い」

「友情のハグだよ」

無理やり剥がして翔を睨めば、嬉しそうに笑っていた。なんだこいつドMかよ、と心の中で悪態をつく。

「はい、今失礼なこと思っただろ」

うっ……と息を呑む。こいつは余計なところで勘がいいのだ。

「そういえば、今日のホームルームってなにするんだ？」

再び引っついてこようとする翔を手で制しながら、黒板の左端に書いてある時間割を見て疑問を口にする。

「ああ、文化祭のだし物決めだろ？」

「なるほど」

「ちなみに今年はうちのクラスは劇をやるらしい」

「え、そんなの決まってたっけ」

十月上旬に行われる文化祭のクラスごとのだし物は、毎年夏前にホームルームで話しあって決まるものだ。

「覚えていないのも無理ないわ。蒼也くん、そのとき爆睡してたもの」

「起こしてくれたってよかっただろ」

隣の席から話に入ってきた君に、僕は頭を掻いた。寝ていたかどうかすら記憶にないということは、相当興味がなかったのだろう。

「で、今日はなんの劇をやるかとキャスト決め」

「へえ」

正直、どうでもよかった。劇なんて人前に出るのは好きではないし、そういうのは翔の専門だ。僕は裏方に徹しよう。そう思っていたのに――。

「はい、じゃあ多数決で立波さんがシンデレラに決まりましたー！」

ホームルームも後半に差しかかった頃、歓声とともに拍手が湧き起こった。黒板にはシンデレラと書いてある。うちのクラスの劇はシンデレラで、主役は君に決まった。

しかし、問題はそこではない。

「劇ってやったことがないんだけれど、大丈夫かしら」

「大丈夫、大丈夫!!　立波さんかわいいし、いるだけでも華があるから！」

壇上に立つ君の隣で、学級委員が背中を叩いている。候補に挙がった女子の中で、一番票数を獲得したのが君だった。

なぜ君が……と、僕は頭を抱えた。たしかに君はかわいいから、主役を張るのもうなずけるけれど。

「やっぱりシンデレラだからね、ラブシーン満載にしないと！」

学級委員の言葉に耳を疑う。君が僕以外の人間とラブシーンをするということか。

——それはまずい、普通に嫌だ。君は僕の彼女だ。困る。そんなところ演技だとしても見たくない。

ぐるぐると胸の内に思いが去来する。

「王子役はどうする？　このままいくと矢田になるけど」

「今年も目立ってモテモテにならないとね、ねー立波」

「相変わらず不純すぎる動機だわ……」

「立波？　俺泣いちゃうよ？」

悶々と考え込む僕に追い打ちをかけるように、仲が良さそうに話すふたりの会話が聞こえてくる。ふと、翔と目が合った。

『いいの？』

口パクで言った後、翔はにやりと好戦的な笑みを浮かべる。

「男子、いいよね？　矢田で決定！」

学級委員が言って教室を見回す。翔の表情に、無性に腹が立った。

「俺がやる」

僕は衝動的に手を挙げていた。

「え……？」

誰かがそう言った。静まり返った教室で挙げた右手に視線が集まる。壇上に立った君だけが笑っていた。

「え、新藤……？」

「ど、どうしたの新藤くん」

一瞬の沈黙の後に周囲がざわめき出し、学級委員が不安そうに聞いてくる。

それもそのはず。そもそも僕は、クラスの行事に積極的に参加するようなタイプの人間ではない。

「俺、王子役、やる」

死ぬほど恥ずかしかった。でも、誰かとラブシーンを演じる君の姿を見るくらいなら、百倍マシだ。

ガタンッ！　ざわついたクラスの中、僕のうしろでいきなり誰かが立ち上がる音がした。

「来た、来た来た来た!!」

「え、なに怖い」

「ぐっちー、どうしたの？」

口々に言うみんなの視線が僕からうしろへと移動したので振り返ると、うしろの席の関《せき》口《ぐち》さんがノートを持って立っていた。

「王子はふたりにする!!」

うんっとうなずいた勢いで、関口さんのふたつに結んだ髪の毛が跳ねる。

「はあ？」

つい、口から間抜けな声が出てしまった。

「あー、新藤くん。今回の脚本、関口ちゃんが作るの」

学級委員の言葉に関口さんはキラキラした目で僕を見つめ、いきなり手を取った。

「え、なに」

「いい？　今回のシンデレラは本当のシンデレラストーリーよ!!」

「う、あ、はい、それで？」

「矢田くんと新藤くんがシンデレラを奪いあう、禁断の三角関係！」

「へえー」

「そっかそっか、俺と蒼也が」

「って、ええ!?」

思わず翔と声がハモッてしまった。つまり僕と君と翔が三角関係のドロドロなシンデレラの劇をやるということだ。それはもはや昼ドラであり、おとぎ話でもなんでもない気がするのだが……。

「設定はずばり、矢田くんと新藤くんは王位を争うふたりの王子！　そしてふたりとも立波さんに恋に落ちる！　果たして立波さんが恋するのは!?」

関口さんは白熱した口調で学級委員のもとに駆け寄り、なにやらノートを見せながら、すごい速さでストーリーを書いていく。

僕は翔と目を合わせた。ふたりともとんでもなく間の抜けた顔であったことだろう。

学級委員の肩が震えはじめ、片手で顔を覆い親指を立てる。

「おもしろい！　これに決定!!」

「嘘だろ!?」

再び僕らの声が重なる。

「俺は怖い、嫌な予感しかしない」

翔が震え出すのを見て、思わず僕にもその震えが移った。

その後、ひとしきり感動し終えた学級委員はストーリーをみんなに説明する。

「継母たちにいじめられていたシンデレラは、町で困っていたところを助けてくれた男の子に恋をするの」

語りはじめた学級委員の話を、翔とともに怯えながら聞く。

「けれどその子はすぐに消えてしまう。次の日シンデレラが同じ場所に行ったら別の男の子がいて、その男の子――実は王子がシンデレラに一目惚れ！　舞踏会の招待状を手渡されて王宮に行くんだけど、王子は双子で、シンデレラを助けてくれた男の子も王子様だった！」

僕と翔を指さしてきたので、思わず眉が引き攣ってしまう。

「シンデレラを助けた不器用な王子と、シンデレラに一目惚れをした明るい王子が、三日間続く舞踏会でシンデレラを取りあうってわけ！」

クラスのみんながわっと盛り上がる。

で、僕はどっちだと思い、頭を抱えた。この流れだとたぶん不器用な王子のほうだろう。

「その取りあうってところが怖いんだけど、俺らはなにをやらされるわけ？」

翔の発言に何度もうなずく。

「それでは、うちのクラスは『トライアングルシンデレラ』に決定しました!!」

が、翔の質問は無視され、僕らの心配をよそに最後の文化祭の幕が切って落とされた。

＊

定期テストは、可もなく不可もなく学年順位も真ん中くらいで、いつも通りの結果だった。君は相変わらず首位をキープしていて、その反対に翔は赤点だらけで補習を受けていた。それも、昨日ようやく終わったらしい。

あっという間に文化祭当日まで二週間を切り、校内ではお祭りムードが一気に加速して、みんながどこかうきうきとしている。それはうちのクラスでも同じだった。

「だからー、そこ台詞ちがうでしょ、矢田!!」

今日も放課後、気合い十分の学級委員の怒号が飛ぶ。が、当の本人はヘラヘラと笑っていた。

「ごめんごめん」

「もう残り時間少ないんだから、ちゃんとしてよ」

「はいはい」

僕は台本を丸めて君を見た。君は今、教室の真ん中で翔とのダンスシーンの練習中だ。

「新藤、準備して」

「おう」

呼ばれて立ち上がる。どうやら僕は今から衣装合わせをするようだ。君の隣を通り過ぎる。君は今度はクラスメイトから演技指導を受けて笑っていた。

思えば、四月に比べて君の周りには人が増えた。前のクラスには友達がいなかったと言っていたが、今はたくさんの人であふれている。

その光景が微笑ましい反面、少しばかりの嫉妬心が疼く。僕だけが知っていたはずの笑顔を、今ではみんなに見せている。僕の器はずいぶん小さいらしい。

「はい、これ着て」

ぼんやりしていたら、なかば強引に引きずられて衣装を着させられる。まるで軍服のようなその衣装に僕はため息をついた。

「重い……」

たくさんの金のフリンジが付けられた服は、衣装係の女子たちが吟味しまくったものだと言っていたが、これは重い。

「わあ！　王子様っぽい」

「似合うね」

クラスメイトが口々に言うが、自分ではよくわからない。教室の中央に目を向けるが君と翔はいなくなっていて、どうやら同じように衣装に着替えているようだ。

教室の隅に置かれた姿見に向かいあって、勝手にワックスで上げられた前髪を触ってみた。手袋をはめて肩口から下げられた綬《じゅ》を少し整える。白地に紺と金が映える落ち着いた色合いだ。

クラスメイトの会話によると、反対に、翔の衣装は黒地に紅と銀らしい。それに身を包んだ翔は、モノクロに見える視界の中ですらたしかにイケメンと言わざるを得なかった。

姿見の前に、同じように着替えた翔がやって来る。

「どう？　俺、王子っぽい？」

「悪いけど、王子っぽくはない」

「なんでだよ」

　僕と同様、前髪を上げて丁寧にセットされた彼は、いつもとちがう雰囲気を纏っていた。

「はい、お待たせ！」

　その言葉とともに教室のドアが開かれる。

　――初めましてのあの日のように、目を奪われた。

　水色のドレスに包まれた細い体と、丁寧に編み込まれた長い黒髪。淡くどこか色っぽい目もと。頬、唇、足もとには光るガラスの靴を履いている。僕の知らない君がそこに立っていた。

　僕が最後まで見られる色が水色でよかったと心底思った瞬間だった。

　クラス全員がざわつく。男も女も、君に見惚れている。

「うわ……」

　まるで、漏れ出してしまったかのようなひどく小さな声が聞こえてきて、僕は隣を見た。

「え……」

　そこには、君に見惚れた翔が立っていた。

　ほかの人とはちがう熱を帯びた視線に、僕は気づいてしまった。気のせいだと思いたかったけれど、無理だった。彼の視線はおそらく、僕が君に向ける視線と同じものだった。

翔は、君のことが――。

「どうかしら？」

その声に、僕は一気に現実に引き戻された。

気がつけば目の前に君が立っていて、悪戯っぽい表情で僕の顔を覗き込んでいる。驚いたでしょう？　と言わんばかりのその顔から、このときばかりは視線をそらしたくなった。

「いいんじゃない？」

そっぽを向いて、その問いに答える。

「こんなに本格的なドレスを着るとは思わなかったわ」

口ではそう言いながらも、本当は嬉しかったのだろう。視界の端にドレスの裾を掴んでクルクルと回る君が映る。

「似合ってるじゃん」

翔の声に、僕は顔を戻した。僕の目に映った彼はもう、いつものように人当たりのいい顔で笑っている。先ほどの表情はどこに行ってしまったのかというくらいに普段通りだ。

「ほら、蒼也、素直にかわいいって言ってやれよ」

肩を掴んで僕に笑いかける彼にやりきれなさを感じながらも、言われた通りに言葉を紡いだ。

「似合ってるよ」

「ありがとう、でもふたりも似合ってるわ。本当に王子様みたいね」

嬉しそうに笑った君は、僕の手を取る。

「じゃあ、王子様。踊りましょう？　せっかくの衣装を、ここで活かさないと意味がないわ」

引っ張られて教室の真ん中に移動する。いつの間にかクラスメイトははけており、みんな各々の仕事を始めていた。

「いや、緋奈のダンスシーン、実際に踊るのは翔とだろ」

そうなのだ。台本では最初の二日間、僕は君と踊ろうとタイミングを計るも前に出ることができず、翔に先を越される。三日目、ようやく勇気の出た僕は翔と踊り終わった君に声をかけ踊ろうとするが、その瞬間に十二時の鐘が鳴る。そして君はガラスの靴を落とし、僕がそれを拾う――。

つまり、僕らのダンスシーンはないのだ。

「いいじゃない。これは本番じゃないわ」

「でも俺、踊れないよ」

「あら？　私が矢田くんと練習していたのずっと見てたでしょ？」

ばれてるわよ、と耳もとで呟かれた言葉に、僕は冷や汗が出そうになった。そうだ、君と友人が密着していることに少なからず嫉妬心を抱きながら見ていた。

「たしかに……見ていましたけどもね」

「大丈夫、今日の私たちは衣装合わせをして終わりよ」

「そうじゃなくてね……その、目線が」

痛い。言いかける前に君が周りを見ると、仕事をしていたはずのクラスメイトたちがにやにやした顔で僕らのことを見守っていた。

「イチャイチャするなよー」

誰かが言ったその言葉に、みんなが笑いながら同調する。瞬間、僕の顔が熱を帯びる。

心なしか、君の頬にも、見えるはずのない赤が深みを増した気がした。

181/365日

十月上旬の土曜日。僕の最後の文化祭が幕を開けた。

校舎の窓からはカラフルな垂れ幕が下がり、自分のクラスのだし物へと呼び込みをする生徒の声が響いている。親や兄弟、他校の友達など、いつにない顔ぶれに学校内はすごい賑わいだ。

「いやー、このお祭りムードいいね」

校庭の屋台で買ったフランクフルトを口に入れながら、隣で翔が言う。ほかにもたくさんの食べものを両手に持ち、楽しそうに笑う姿を見て、僕はため息をついた。

「騒がしいじゃん」

「お前にとってはそうだろうな、でも俺は好き」

いつ食べ終わったのだろうか、フランクフルトの串が差し出される。それを受け取って僕は近くのゴミ箱に投げ込んだ。

「ナイスシュート」

「はいはい」

人であふれ返っている。みんながたくさんの色を使い作り上げたこの世界は、僕には半分以上が白黒に見える。

「にしても、立波と回らなくてよかったわけ？」

手に持っていた袋から今度はチョコバナナを取り出して食べはじめた翔が、こちらを見るわけでもなく口だけ動かす。ちゃんと飲み込んでからにしろよ、内心そう呟きながら答えを返した。

「今日は里香と回るんだと」

「ふられたのか、ドンマイ」

「明日回る予定」

「ふーん」

興味がない様子で返事をする翔に、違和感を覚える。

「なあ、翔。お前、元気ないけどなにかあった？」

ほんの一瞬彼は固まったが、次の瞬間にはもとに戻っていた。

「そうか？　気のせいじゃね？」

「ならべつにいいけど」

「あ、もしかして柄にもなく心配してくれた？　優しい蒼也くん」

「気持ち悪い」

語尾にハートマークが付きそうな勢いで絡んできたいつもどおりの彼を見て、僕はバッサリと切り捨てる。でも、心の中では少し安堵した。

「モテモテの翔くんはね、女の子選り取り見取りだから苦労するのよ」

「毎回最後にはふられるやつがなに言ってんだよ」

「はい、聞こえてるからね」

すれちがう女子たちに手を振りながら彼は笑う。

「まあ、本当に好きな子には選ばれないんだよ」

「え?」

「こっちの話」

何事もなかったかのようにヘラヘラする友人を、ここ最近よく見ている気がする。一見気づきにくいが、いつものように堂々とした笑い方ではなくて必ず眉を下げて笑うのだ。

「あ、蒼也そこのやつ取って」

ふいに投げかけられた声に、僕は振り向いて返事をする。

「いやどれだよ」

「そこの、赤いやつ」

目の前には色とりどりのラムネ瓶が置かれていた。きっと色鮮やかなたくさんの色があるのだろう。

『赤いやつ』

赤色ってどれだ？　鼓動が速くなる。だって僕の視界に赤なんて映らない。青、紫、灰色、灰色、灰色……。どれだ、どれだ、どれだ。必死に目を動かす。このままではばれてしまう――。

「蒼也？」

冷や汗をかきながら、一か八かで灰色の瓶に手を伸ばしかけた、そのときだった。

「あ、蒼也くんと矢田くん」

うしろから聞こえた声に振り返れば、君と里香が立っていた。

「立波、ちょうどよかった。その赤い瓶とって」

「赤？」

翔の言葉に君は目の前のラムネ瓶を見つめるも、その手を伸ばそうとはしなかった。

「立波？」

「緋奈ぼけてんの？　目の前にあるじゃん」

君の横から伸びてきた里香の手が、灰色の瓶を掴む。

「サンキュー」

「ごめんなさい。気づかなかったわ」

「緋奈でもぼけることあるんだね」

「そうね、ちょっと恥ずかしいわ」

真っ青であろう僕の顔とは対照的な君の顔を見て、思わずはっと息をついた。ふいに泣きそうになっていたのに、君は気づいただろうか。

なんとかことなきを得た後は、結局、いつもの四人で少し出店を回り、自分たちの劇の準備のため里香と別れて教室へ向かった。

十二時五十分。僕は衣装に乱れがないかチェックし、手袋をはめ直した。一時から始まる『トライアングルシンデレラ』のために舞台裏で準備しているのだ。

ゆっくりと深呼吸をする。これは緊張ではない、焦りだ。赤が見えなくて焦ったのは、ほんの一時間前のこと。幸い、君と里香のおかげでばれずに済んだが、それでも僕の心はいまだ落ち着かずにいた。

いつか、すべてが灰色になる日が来る。わかっている、そんなことはわかっているんだ。右手が静かに震えていることに気づき、僕は苦笑した。

「なにビビッてんだよ」

声に出して言いきかせる。僕と君が同じ時間を生きることができないなんて、わかっていたはずだろ？　意味のない自問自答をする。

「駄目だなあ」

今から本番なのに。死の影を感じるたび、僕はこんなにも情けない状態になる。去年までの自分には想像もつかなかっただろう。だって、今の僕は――。

「本番、もうすぐだよー!!」

監督として指揮を執る学級委員の声に、はっとして顔を上げた。みんな、下りた幕の中でもう位置についていた。反対側の舞台袖にいるもうひとりの王子と目が合う。

『ビビッてる？』

口パクでそう言ってきた翔に、少し安堵して笑いながら同じく声を出さずに返事をする。

『全然』

嘘だ。本当はかなりビビッている。でも、舞台にいる君がこちらに笑いかけてくるから、僕は前を向ける。


結果として、シンデレラが不器用な王子と結ばれることはなかった。不器用な王子はガラスの靴を拾い、シンデレラに会いにいこうとするも、道中で事故に遭って帰らぬ人となる――。

歓声が湧き、幕が下りる。シンデレラと結ばれることなくラストで死を迎える王子を演じた僕は、舞台の上で手を取りあう君と翔を袖から眺めていた。劇はもちろん、台本通りだった。報われないエンディング。それがひどく現実と重なって頭を振る。

ふたりは顔を合わせ笑っている。翔の微笑みがいつもとちがうことに気づき、ずっと認めたくなかった事実が口から漏れた。

「翔、緋奈のこと好きなんだ」

その呟きは、誰に聞こえるでもなく、歓声の中に呑み込まれていく。僕はしばらく、その場を動くことができなかった。目の前にいるふたりはあまりにもお似合いだった。

花火が打ち上がったあの日に、僕が好きと伝えなければよかったのではないか。そうすれば、君は残される悲しみを味わうこともなく僕を過ぎ去っていくものにでき、僕も傷つかずに済んだかもしれない。

今、隣に立っている彼と結ばれる幸せな未来があったのではないだろうか。

「蒼也くん」

気がつけば、君が目の前に立っていた。

「どうかしたの？」

心配そうに首を傾げる君を見て、僕は慌てて笑顔を作る。

「なんでもない」

「そう？」

とくに気にすることもなく、君は嬉しそうに笑っている。

「お疲れさま、王子、格好よかった」

「そっちこそ」

「撤収するよー！」

誰かが言ったその声に、みんなが動き出す。すると、君は僕の手を取って、ドレス姿のまま駆け出した。

「はあ!?　どこ行くんだよ！」

「おい、立波！　蒼也！」

そのドレスで、どうしてそこまで動けるのだろうか。僕らは周りの制止なんて聞かずに走った。舞台を下り、体育館を抜け、渡り廊下を過ぎ、階段を駆け上がったところで、僕の手を引く君がガラスの靴を落とす。

「拾わないで」

「なんでだよ」

「拾ったら私、シンデレラになっちゃう」

「シンデレラだろ」

「いいから」

もう片方の靴も脱ぎ捨てて、君は階段の下に落とす。

「おい、壊れたらどうするんだよ」

わけがわからない。僕は靴を指差すが、君は気にも留めず再び僕の手を引く。

「大丈夫よ、あれ偽物だもの。ガラスの靴なんかじゃない」

結局、たどり着いたのは空き教室だった。上がった息を整えながら、僕は君を見る。

「いきなり、なん、なんだよ」

切れぎれの僕の言葉に、君は振り返った。ティアラは少しずれ、空色のドレスの裾は汚れていて、素足にはところどころ靴擦れが目立つ。

「窮屈だったの、ちょうどよかったわ」

僕の視線に気づいた君は、片足をブラブラさせる。

「踊りましょう」

「はあ？」

差し出された手に、僕はひどく困惑した。

「踊るって」

いきなりなんだよと僕はまた呟いた。君は平然とした顔で僕に手を伸ばしている。

「意味がわからないんだけど」

「そのままの意味だけど」

表情を変えず、君は僕と向き合う。

「いや、だからなんで……」

「私、シンデレラじゃないの」

「は？」

僕は思わず聞き返したが、君はおかまいなく話を続けた。

「ガラスの靴は似合わないし、階段に片方だけ落とすこともできない。ましてや好きでもない人と踊ることなんてできない。あの靴だってガラスじゃなくて偽物。階段から落としても傷つかないし、唯一無二の代物でもない」

早口で、でもどこか力強い口調で話す君に、僕は驚きを隠せなかった。だって、こんな君を見ることは滅多になかったから。

「王子が死んでしまったなら、私もその後を追う。だって私はおとぎ話のお姫様ではないもの」

「それだとロミオとジュリエットだよ」

「私たちの恋って、そうでしょ？」

顔を歪め口角を上げた君を見て、僕は初めて君の本心を見た気がした。

「悲劇で終わっても、あなたの隣にいたい。今日、あの舞台で、あの歓声の中でそう思ったの。でも、私はシンデレラなんかじゃない。あなたは王子様なんかじゃない。私たちはただの高校生。なにかを変える強さなんて持ちあわせてはいない、ただの高校生なの」

ああ、わかった。この物語と僕たちの恋の終わりが、君も重なったんだね。だからこそ、僕は王子なんかじゃないって必死に否定して、見ないふりをしているんだ。

君を置いていくことに、辛い思いをさせることには変わりないけれど。君は僕に置いていかれることに、いつかほかの誰かと結ばれることには変わりないけれど、それでもシンデレラなんかじゃないって否定したかったんだ。

僕は無言で君の手を取って、その細い腰にゆっくりと手を当てる。いつの間にかティアラはなくなっており、君は空色のドレスだけを纏っていた。

「踊ろう」

それ以上なにも言わなかった……いや、言えなかった。君が泣きそうな顔をするから。

例えば、僕の病気がなかったなら。

——君と恋人にはなれなかった。

例えば、僕が死ぬことを知らなかったら。

——なにも変わることのない日々を送るだけだった。

例えば……。わかっているんだ、すべては僕が病気だったからだ。

——契約のような始まりだったけれど、君と一緒にいることができた。

僕が死ぬことを知った今。

——残った時間を大切にしようと思った。君を大事にしようと思った。

——君という存在の大切さに気づいた。

静寂に包まれる空き教室で、円舞曲を踊り何度も何度も唇を重ねあう。それは、永遠に思えるくらい、哀しくて優しい時間だった。

僕は君の王子になんてなれやしない。でも君は、僕の永遠のお姫様であることには変わりはない。嘆いたって変わることのない終わり。それが近づいていることを、僕らはひしひしと感じ取っていた。


文化祭から一週間が過ぎた。僕の周りの環境は変わることはなく、ただ、視界から消えていく色が増えたことが残された時間を物語っている。

君とふたりで踊ったあの日、僕らはお互い焦りを感じていたはずだけれど、それに言及することはなかった。そんな気分になれなかったのだ。

でも、自分たちのいる世界が少しずつ崩壊していっていることには気がついている。

「ごめんなさい、無理言って」

「いや、べつに大丈夫だよ」

家族がみんな出かけた土曜日、僕は君を初めて部屋に呼んだ。折り畳み式のテーブルの上には、麦茶の入ったふたつのグラスが置いてある。

「ちょっと妹と喧嘩して、家にいづらくなって」

「姉妹喧嘩かよ、そんなに深刻だったの？」

僕は思わず笑いそうになった。君から突然連絡がきたときは何事かと思った。しかし、蓋を開けてみればそんな理由だ。

僕はといえば、もうとっくに弟と喧嘩はしなくなっていた。妹は歳が離れているし、弟へも自分の中で許すという気持ちができたからだろうか。それとも、もういい加減、年下相手に怒るような年齢でもなくなったからだろうか。

「深刻っていうか……」

「まあ、言いたくなかったら言わなくてもいいよ」

君が言葉に詰まるのは、言いたくないことがあるときだとわかったのは、最近のことだ。

窓の外は雨が降っている。僕はベッドに腰かけて、外を見ていた。君はカーペットの上に座り、飲みかけのお茶が入ったグラスを眺めている。

とても静かな時間だった。誰も見ていないつけっぱなしのテレビから流れる声と、窓の外から聞こえる雨の音。そのすべてがどこか遠くの世界のもののような気がした。

「なあ」

僕は君を呼ぶ。が、黙って僕の隣に腰かけた君の体温を感じると、なにを言いかけたのか忘れてしまった。テレビのリモコンに手をかけて、電源ボタンを押して消す。

そのままテーブルに投げて、僕は君に向きあった。

「雨、やまないな」

「そうね」

シフォン素材のブラウスの襟元、綺麗に結ばれた黒いリボンに指を絡める。濃紺の短いスカートから覗く足は、薄手のタイツで覆われていた。

頬に手を伸ばす。人さし指の先が君の柔らかな頬に触れた瞬間、電流が通ったかのように、四肢に焼けるような熱さが走った。心なしか、君の目もとに灰色が差している。

その目もとを親指でゆっくりなぞった。きっと赤くなっているのだろう。今にも泣きそうな顔をしているのは、僕も同じなのかもしれない。

君の指先が、同じように僕の目元をなぞる。揺れる君の瞳に、情けない顔の僕が映っている。こんなときくらい格好いい顔ができたらよかったのにと思ったけれど、それができない状況に置かれているのが現実だ。

きっとこの先に進んでしまえば、僕は君のことをますます手放せなくなり、死の恐怖が加速するだろう。

けれど、君が困ったように眉を下げ、愛おしそうに僕の頬をなでて微笑んだから、君の唇に触れた僕の指先には愛がこもった。

愛おしさが心に充満して、苦しくて息が詰まりそうになる。込み上げる想いに、目頭が熱くなる。それでも、愛の言葉を口にすることはできなかった。

今、なにを言っても、この胸を支配する張り裂けんばかりの恋心は届けられない気がして。どんな言葉でも表現できず、足りないと思うのは生まれて初めてのことだった。

はじめに視界に入ったのは流れるような長い睫毛だ。よく見れば睫毛がキラキラと輝いている。君の瞳から流れた雫のせいだということはすぐにわかった。先ほどよりもずっと灰色が濃くなった目もとが、それを教えてくれる。

幸せそうな寝顔はいつもの君より少し間抜けで、薄く開かれた唇が弧を描いていた。真っ白な頰が気持ちよさそうで、ばれないようにゆっくりとつまんでみる。頰は想定外に伸び、思わず噴き出してしまう。

しかし、そのおかげで君の瞼が動いたから、僕は急いで手を離す。君の睫毛が上がって何度か瞬きをする。

「ごめん、起こした？」

「大丈夫……」

素肌に直接、サイズの合わない僕のシャツを纏った君は、目を擦りながら僕を見た。

「なに？」

動かぬ視線を疑問に思い聞いてみれば、なんでもないと君は僕の首もとに顔をうずめた。君の髪が微かに触れてくすぐったい。僕は左手で君の頭をゆっくりとなでた。

「ねえ」

「なに？」

「大丈夫だよ」

　ぽつりと小さな声で君は言う。

「私はずっと一緒にいるよ。ひとりにさせない」

　僕は震える君を強く抱きしめた。隙間なんてないくらい、息もできないくらいきつく抱き寄せて、君と熱を分けあった。

　すっかり暗くなってから、君を家の近くまで送った。「また明後日、学校で」と微笑む君と別れ自宅に戻ると、ちょうど家族が帰ってきたところだった。

　その夜、僕はなんだか眠れなくてベッドに横たわったままずっと天井を眺めていた。目が冴えているのに、不思議と心は落ち着いている。

　言葉を失うくらいの愛情を自分が抱けるなんて思いもしなかった。

　誰かと結ばれることで、こんなにも嬉しくて優しい気持ちになるなんて知りもしなかった。同時に、こんなにも切なくて苦しいものだということも。

　僕らの時間には限りがある。これから、君の頰に手を伸ばし、その体に触れ、声を聞くたびに、僕はさよならへのカウントダウンをしてしまうだろう。

　僕と君が同じ時間を生きられないなんて、最初からわかっていたことだけれど。

　空はいつの間にか白んでいて、少し寒くなった秋風に乗って枯れ葉が舞っている。

「大人の階段上ったな」

なんて、口ではいくらでもふざけたことを言えるのに、とてもそんな気分にはなれなかった。僕はただ、静寂に体を預けていた。

「『大丈夫だよ』」

昨日、君が言った言葉を繰り返してみた。その大丈夫が、僕への気休めだったのか、それとも別の意味があったのかはわからない。

「『私はずっと一緒にいるよ』」

一緒にいるというのは、最期までという意味だろうか。

「『ひとりにさせない』……」

死ぬときはひとりだ。だからその言葉は都合がよすぎるかもしれない。けれど、その言葉にはそれ以上の意味があるような気がした。確信は持てないけれど、君が言うと信じられる気がした。

あとわずかな時間の中で、僕になにができるのかを、たくさん思い浮かべる。家族と時間を過ごす、友人との思い出作り、残された学校生活を楽しむ……。

なんだかいてもたってもいられなくなり、起きていろいろなことを空色のノートに書き出していたとき、ひとつの答えが浮かんで手を止める。その答えを書かないまま、僕は今書いたページを破り、ゴミ箱に捨てた。

明けてきた空を一瞥し、またベッドに潜り込む。目を閉じて、想いを再確認した。

——君の笑顔が見たい。


僕は今まで何度も君の笑顔に救われてきた。その笑顔をまた何度だって見たいと思った。

僕が隣にいる間、たくさん君を笑わせよう。

これは君のためではなく、僕が残す、僕のための爪痕だ。

228/365日

枯れ葉が舞い、冬の匂いを纏った風がコートに吹きつける。

駅前の時計塔の下で、僕は黒いマフラーを口もとまで上げた。茶色だったはずのダッフルコートに黒いズボンを合わせ、ショートブーツを履いた。小さな鞄を肩に背負って、僕は辺りを見渡す。

どうやら、今の世界は僕には少しつまらない色彩らしい。予定より早く消え去った緑という色は、僕の世界をより一層暗くした。赤が消えたときと同じくらいに、いや、それ以上に僕の世界は現実味をなくしてしまった。

幸いなのは、今が夏ではないことだ。生い茂る緑が世界を埋め尽くすようなことがない枯れ葉の季節では、僕の世界も、ほかの人の世界も、色が少ないのは同じだからだ。

「寒……」

そこでまた、立っている僕を冷たい風が襲った。これまで僕はこの季節が嫌いだった。なにより寒いからだ。しかし、今は――。

「逆に安心するんだよなあ……」

周りに勘づかれにくくなる気がするし、寒さが厳しくなるにつれ、空気も澄んで気持ちがいい。

病気を宣告されてから僕には空を眺めるくせがついた。空気が澄むほど夜空は高く、星たちは輝くなんて、それまでは気づかなかった事実だ。

ズボンのポケットに両手を突っ込んで、真上にある時計を見ると、九時五十分だった。待ち合わせは十時。

最近はあまり眠れず、やっとのことで眠っても朝早く起きてしまう。だいたい白んだ空を見て一日が始まる。ここ数週間、僕はそんな生活を繰り返していた。

十一月下旬の週末、僕がなぜこんなところにいるのかという理由は、二週間前に遡る。


「誕生日!?」

「え、知らなかったの？」

駅前のファミレスの一角で、僕は目の前の里香の一言に驚いて声を上げた。

「知るわけないだろ!?」

「あんた、本当に緋奈の彼氏なの？」

「彼氏だよ、一応！」

それは突然のことだった。デートの帰り、君と別れた後に出くわした里香にファミレスへ連行され、「そういえば二十日、緋奈の誕生日だけど蒼也なにするの？」と聞かれたのだ。

思いっきり、口に含んだブラックコーヒーをむせた。

「本当に知らなかったの？」

疑うような目でこちらを見てくる里香に、僕はキレそうになった。

「知らなかったよ！　なんで俺が知らなくてお前が知ってるんだよ……」

「この前話してたときにたまたま聞いたから」

「気にしたこともなかった……」

「あんた、意外とそういうところ抜けてるよね」

「だってあいつ、自分のことあんまり話そうとしないじゃん」

僕は乱暴に頭を掻いてため息をついた。君は、いつも大切なことを話してくれないのだ。

「まあたしかに。緋奈から家族の話とか自分のこととか、あんまり聞かない気がする」

「だろ？」

「緋奈っていつも聞き役に回るからなあ。蒼也と話してるときはそうでもないけど」

「そう？」

「うん」

目の前の里香はメロンソーダを飲む。そういえば小さい頃からこれ好きだったなこいつ、と思った。その鮮やかな緑色は、僕にはもう見えないけれど。

「で、どうするの？」

「は？」

「誕生日、祝ってあげなさいよ」

　そうして、君の誕生日を知ったのだ。


　そわそわしながら頭上の時計を見る。もういつ来てもおかしくない時間だ。君が産まれた十一月。枯れ葉だらけのつまらない季節が、君のおかげでまた少し好きになった。

「お待たせ」

　うしろから声が聞こえ、振り返ればすっかり秋の装いに身を包んだ君が立っていた。

「遅かったかしら？」

「いや、大丈夫。俺が早かっただけ」

「蒼也くん、遅れたりすること少ないものね」

「まあ、周りに遅れてくるようなやつらしかいなかったから」

　僕が呆れ混じりに言えば、君は口もとを覆い目尻を下げた。そうだ、やつらとは君も知っているとおり、僕のお調子者の友人と幼馴染のことだ。彼らは平気で一時間遅刻したりする。

濃紺のコートに黒地のブラウス、白いリボンに白地のギャザーが入ったスカートを着て、薄手のタイツにロイヤルブルーのパンプスを合わせている。

僕が言うのもなんだが、君の私服はいつも落ち着いた色でおとなしく、上品で君の雰囲気によく合っている。

決して地味ではないし、ひとつひとつの服からシンプルながらも品のよさがあふれているあたり、育ちのよさが滲み出ているような気がした。

それにしても、もう少し同年代の子が着るような明るい服を着ればいいのにと思う。君は青色ばかりを好んで着ているけれど、きっと赤色だって似合うはずだ。心の中でそう呟いた。

真っ白な肌と真っ黒な髪には、濃紅が映えるだろう。想像しようとして、僕はもうその色を思い出せないことに気づいた。どんなに鮮やかな赤いドレスを君が着ても、僕が見ることは叶わないのだ。

最近、その事実を忘れがちになる。きっと君の存在が大きくて眩しくて、色なんて気にならないからだ。

里香に誕生日のことを聞いてすぐ、君にどこか行きたいところがあるか訊ね、その返事が水族館だった。

それで、ふたりで電車を乗り継ぎ、海沿いに建つ人気の水族館へと向かっている。

潮風に吹かれながら僕より小さい歩幅にこっそり合わせて歩き、宙に浮いて行き場のない君の小さな右手を握る。

そういうとき、僕らはなにも言わない。いつの間にかこれが当たり前になっていた。握った手を握り返して少しはにかむ、それだけ。

こうやって歩いていると、視界に映るカップルたちはよく話をしている。しかし、僕らはちがう。緊張しているわけでもないし、話すのが苦手なわけでもない。まるで、寄り添って互いに今一緒にいることを噛み締めているような、そんな感覚だった。

「寒いね」

「うん」

珍しく呟かれた言葉に返事をして手を握り返す。

僕にとって生きているという実感があるのは、こういう時間なのだ。大げさなことはなにもなく、些細な幸せな時間。

水族館に到着すると、近代的な建物の前にそびえるヤシの木が、寒空の下で風に揺れていた。

チケットを二枚買って、さっそく水槽が並ぶ館内へと足を進める。客層は若めで、僕らと同い年くらいのカップルがひしめきあっていた。

「綺麗ね」

水槽に反射した光に照らされた君が、とても印象的だった。一面、青で埋め尽くされた世界の中、君がまるで子供のように駆け出し、僕の前を行く。大型の水槽には銀色の魚の群れが優雅に泳いでいた。

「なんか意外」

「なにが？」

はしゃぐ君を見て笑う僕に、いまだ興奮冷めやらぬ様子の君がいつもより少し大きな声で聞き返す。

「いや、子供みたいにはしゃいでいるから」

「いくつになっても、楽しいものは楽しいわ」

「でも、そんなに走り回るか？」

耐えきれなくなって、僕は腹を抱えて声に出して笑う。君は不服そうに僕の肩を軽く叩いた。

「久しぶりだったの」

「いつぶり？」

「小学生以来」

水槽を見つめる君は、どこか悲しげな顔をしていた。

「綺麗」

「そうだね」

大きな水槽で泳いでいる魚たちを見て、物思いに耽る。と、銀色の魚の群れを追うように、大型のサメがぬっと姿を現した。

「あんな風に、好きに泳げたらって思ってる？」

「うわ、図星なんだけど。なんでわかった？」

「私も同じこと考えていたから」

子供のときに考える、もしものお話だ。

「もし、明日、羽が生えて空を飛べたら、きっとどこまでも自由に行ける。もし、水の中で呼吸ができるようになったら、あの海の果てまで泳げるはずって考えたことない？」

「ああ、あるかも」

妙に納得してうなずいた。

「もしかしたら、今日、隕石が落ちて世界が終わるかもしれない」

「物騒だな」

「明日、目が覚めたら病気のことが全部嘘で、当たり前に未来があって、とか」

指先がゆっくり、水槽をなぞる。

「よく考えるの。まあ、考えたところでなにも変わらないし、起きても変わりのない今日が待ってるだけなんだけど」

「気持ちはわかるよ」

「そう?」

「うん」

水槽から手を離し、振り返った君は右奥を指さす。

「次、あれ見にいきたい」

「はいはい」

手を引かれ、着いたのはクラゲコーナー。

こちらも薄暗い空間を真っ青なライトが照らしている。中心には球形の水槽があって、まるで空のようだった。その中を気球が飛ぶようにクラゲが漂っている。

深海の中、ぽつりと現れた空は多くの人を魅了していた。

「え、見たいのってクラゲなの?」

「おかしい?」

「いや、普通はペンギンとかイルカとかじゃん」

「じゃあ私は、普通じゃないのね」

君はクラゲの水槽を見つめる。言葉とは裏腹に僕の言ったことを気にしている様子はなかった。

「どこが好きなの?」

「そうね……まるで漂っているみたいに泳いでいて、なんだか儚いけど綺麗なところ」

「緋奈に似てるよ」

「そうかしら？」

「うん。掴めそうで掴めない、ここにいるのに、いないような気になる」

水槽の中を漂うクラゲは、夏に見た花火にも似ていた。打ち上げた後、空から落ちてくる光線が触手に似ている。あの日の時間を止めたようだった。

「私、そんなに掴みどころないかしら」

「ないよ。夏前まではそう思ってた」

「ちゃんと付き合ってからは？」

そうだな、と僕は唸る。水槽に手を当て、指で漂うクラゲを追った。

「最初はなにを考えてるのか、わからなかった」

「心外だわ」

「最後まで聞こうよ」

頬を引っ張ろうとした君の手をかわし、次の水槽を見るために移動しようとする。でも先客のカップルが見ていて、なかなか動く気配がなかった。

「今もなに考えてるのかわからないときはあるよ。でも、友達想いだし、意外と正直だし。掴みどころがないのはたしかだけど、なんか悩んでてそれを言いたくないとか、そういうのはわかるようになったかな」

「人のこと、よく見てるのね」

「いや、彼女をよく見てないのはまずいでしょ」

「たしかに、そのとおりだわ」

なにがおもしろいのか、君は突然噴き出した。天井のライトを見ていた僕は、君に視線を向ける。下を向いているせいでつむじしか見えなかった。

「いきなりなんだよ」

「ううん。私、幸せ者だなと思っただけ」

それは僕の台詞だ。君はカップルが退いた水槽に近寄って眺める。僕はそのうしろから青白い、けれどぞくっとするほど美しい君を見ていた。

「ちゃんと見てくれてる人がいるのは、とても幸せだわ」

僕は無言で君の肩を引き寄せた。ふいに泣きそうになって、うしろから君を抱きしめる。

「綺麗だね」

「うん」

漂うクラゲの色は灰色だった。

今ここでは青い空間しか色を認識できない僕だけれど、君がその輝く瞳でとらえている世界なんだから綺麗に決まっているじゃないか、そう言いかけて口を閉じる。

君がもうなにも言わないから。

君の首筋に顔をうずめると、ほのかに甘い匂いがした。柔らかい肌と体温、鼻孔を埋め尽くす君の匂いにとても安心した。僕はまだここにいると実感できる。

存分に水族館を楽しみ、地元へと戻ってきた頃にはすっかり夜になっていた。

街中を歩いている君の隣で、僕は君の話に相槌を打ちながら横顔を見つめた。君の隣で笑っている僕と、僕の隣で笑っている君、幸せ者はどちらなのだろう。

僕はたしかに君に救われたし、君のおかげで忘れていた感情を取り戻したかのように笑って過ごせている。

ふと、君の足が止まる。

「緋奈？」

どうかしたのかと問う前に名前を呼ぶ男性の声が聞こえ、君の視線の先を見た。その先にいた人物は、僕らと同じように驚いた顔でこちらを見つめていた。

「お父さん……」

「先生……」

君と僕の声が被る。

今、なんて言った？

「緋奈……新藤くん」

男性――僕の主治医は驚いた表情で僕らの名前を呼んだ。

「え……どういうこと?」

「私の父よ……」

先生は、僕らの前にやってくる。

「まさか、新藤くんと付き合ってるなんてな」

僕は驚いて声も出なかった。君もなにも言わないままだ。

「そういうことか」

先生はなにかに気づいたようにため息をついた。が、次の言葉に、僕の思考は一瞬で停止する。

「緋奈、お前、最初から新藤くんが無彩病ってわかっていて付き合っただろう」

「え……?」

どういうことだ。隣を見ると君は黙ってうつむいている。

「ちょ、ちょっと待ってください、だってそれがばれたのは俺が教室に封筒を落として、それを緋奈……立波さんが見つけて拾ったからで」

「ちがうよ、新藤くん。君の結果は二月末に出ていたんだ」

「どういうこと……ですか?」

「ここだと人が多い、場所を変えよう」

歩き出す先生の背中を、僕は君の手を握ったまま追いかける。その間、君はずっと下を向いたままだった。

人の少ない喫茶店で、僕の前に座ってコーヒーを飲む先生と僕の隣でうつむく君の間に、妙な緊張感が流れていた。

「あの、二月末には出ていたってどういうことですか？」

「ああ、無彩病かそうでないかという結果は、医療機関が手紙を送るよりもずっと早くわかるんだ。でも、本当に無彩病と断定できるのか確認しなければいけない。まちがいがあるといけないからね」

「そんなの……聞いたことない……」

「これはごく一部の人間しか知らないからね」

「……なんとなく、わかりましたけど。でもそれと緋奈……立波さんが知っていたことにどう繋がるんですか？」

「緋奈でいいよ、気を遣わなくても。二月末に出た無彩病患者のリストを家で偶然、緋奈が見てしまったことがあったんだ。私がパソコンを開きっぱなしにしていたことがいけなかったんだが……。そのときは、秘密にするように言った。個人情報だからね」

突然の話に理解が追いつかない。

「わかったかい？　緋奈ははじめから、君が無彩病だということを知っていたんだよ」

かった。


「最初から知っていた……？」

信じられなかった。いや、無彩病と知っていて君が僕に近づいたなんて、信じたくなかった。

「知ってたのかよ……」

隣に座る君は下を向いたままだ。どうかその顔を上げて、いつものように得意げな笑顔で、そんなの嘘よ、と言ってほしい。

「最初から……わかってたのかよ」

「…………」

君は顔を上げない。もうこれは、紛れもない事実なのだと悟る。

「なあ!!」

声を荒らげた僕に驚いて、君は一瞬びくりと肩を揺らした。

「最初から、全部わかってたのかよ……わかったうえであの日、偶然を装ったのかよ!!」

口に出したら止まらなかった。

「そうやって騙してきたってことかよ！　一年の条件を出したのもわざと……騙して内心で馬鹿にしてたのかよ!!」

「ちがっ……」

「ちがわないだろ!!」

顔を上げた君は、今にも零れ落ちそうな涙をこらえていた。

「信じられねぇ……」

僕は頭を抱えて、君から視線をそらした。ガタンと大きな音を立て、君が店から出ていく。それを追いかけることが、今の僕にはできなかった。

店内は人が少なく、僕らが言いあって君が出ていっても、誰も気に留めていない。

「怒らないんですか」

「なにを？」

「今、目の前で娘さんを傷つけたことと、娘が先のない人間と付き合ってることにです」

先生は静かにコーヒーに口をつけた。

「今日初めて、君たちが付き合っていることを知ったからね。まさか、娘がこんなことをしているとは思わなかった。君が怒るのは無理もないと思う」

君によく似た整った顔立ちを見て、父親なのだと再認識させられる。今まで気づかなかったのが不思議なくらいだ。

「まあでも、緋奈の気持ちはわからなくもないけどね」

「え……？」

「あの子はね、昔からなにもほしがらない子だった。私たちがたくさんの習い事をさせて、友達と遊ぶ暇すらなくしてしまったせいなのかもしれないけど。なにがほしいとか、なにがしたいとか言わない子だったんだ」

　昔を思い出すように遠くを見て、彼は続ける。

「ふたつ下の妹は逆で、わがままでなんでも言う子だったんだけどね。だから私たちは余計彼女になにをしてあげたらいいのかわからなかったんだ。ただ、勉強していい大学に行って、最終的には親と同じように医者になる。あの子はいつだって私たちが決めたレールを歩いてきた。文句も言わず、それが当たり前だとでも言うように」

「……そう……ですか」

「でも、そんな子が唯一ほしがったもの、手に入れたかったもの。それが君だったということなんだろう」

「え……」

　困惑した。

「さっき、君と話している緋奈を見て、びっくりした。あの子があんなに笑っているところを初めて見たよ」

「あいつ……普段からよく笑ってますよ」

「それは君の前だからだよ。少なくとも家では全然笑わなかった、今年の春までは」

「今年の春……」

「君のおかげだよ。さすが、私たちの反対を押し切って特進科から落ちただけある」

目尻を下げ、薄く弧を描いた唇と斜めに下がった眉がさらに君に似る。

「じゃあ、後は娘をよろしくね」

会計を済ませている背中を見つめながら思う。あのとき、君はなんて言おうとしたのだろう。

初めましてなんて嘘をついて出会った始業式の日、たとえ仕組まれた出会いだったとしても、僕は君のことを好きになった。君も、そうだった。ふたりで笑いあった時間は、偽物なんかじゃないはずだ。

記憶の中で父親にそっくりの笑顔が重なった。僕は立ち上がって、駆け出す。

「新藤くん!?」

「すみません、失礼します!!」

喫茶店のドアを開ける先生の横をすり抜けて、陽が暮れてきた街に向かって飛び出した。

「どこ行ったんだよ!!」

息が上がりながら電話をするも、君は出ない。

「留守番電話……ちがう、絶対無視してるあいつ」

僕は腹を立てながら道を走った。こうやって走るのはもう何回目だろうか。一秒でも早く会いたくて、会わなくちゃいけなくて……そんな思いを抱くようになったのも、君に会ってからだ。

「どこだ……」

僕には君の行き先がわからなかった。というよりも、君の普段行っているところすら知らないことに今さら気づく。

「一番そばにいると思っていたのに、全然知らなかった」

僕はふと立ち止まる。この半年以上、僕は君のことを知った気になっていただけで、実際はなにも知らなかったのかもしれない。

例えば家族のこととか、休日はなにをして過ごしているとか。君の家は？　好きな音楽は？　趣味は？

君に話す気がないなら、無理に聞くこともないだろうと思っていた。でも、そうではなかった。自分のことに夢中で、必死で、君のことを知ろうとしなかったのだ。

「本当に見ていたのかな」

ぽつりと呟いた。君は僕のことを、自分を見ていてくれる人と言ったけれど、なにも見えていなかったのではないか。好きという、その想いだけをただ確かめていただけだった。

唇を噛み締めて、僕はまた走り出す。

「いるわけ……ないよな」

結局、僕はいつもこの場所に辿り着く。桜の木で埋め尽くされている思い出の地、水縹公園だ。

僕はなんとなくブランコに向かう。そこにいた、見知ったうしろ姿に驚いたが、ゆっくりと近づいていく。

「緋奈」

君の名を呼んだ。驚いた表情で顔を上げた君の目もとは、濡れていた。その顔を見てため息をついた僕に、君は肩を揺らす。

「もう怒る気すら失せたよ」

僕は隣のブランコに飛び乗った。そのまま立ち漕ぎをする。

「言わなくてごめんなさい」

「言いたくなかったんだろ？」

君は黙る。

「いいよ。俺も言いたくないことくらいあるし」

例えば親友が君のことを想っているとか、僕がその親友にどうしようもないくらい劣等感を抱いているとか。君にすがりついて叫びたいくらいに、生きたいと願っていることとかだ。

「桜流し」

「え……？」

「……この公園で昔、ある男の子に教えたの。桜が雨で散っちゃうこと」

『桜流し』

『え？』

『雨で桜が散っちゃうこと。桜流しって言うんだって。お母さんに教えてもらった』

何度も夢で見た、あの子供の頃の思い出が重なる。

「いつかもう一度、その男の子に会いたいってずっと願ってた。それ以外はなにも望んでなかった」

「まさか……」

僕が漕ぐのやめると、ブランコのスピードが下がっていく。

「高校に入って、その人を見つけた。昔会ったときとは人が変わったようだった。あれだけ楽しそうにやっていたサッカーもしていなくて、記憶の中の彼とは似ても似つかない、冷たい表情だった」

——僕は君を知っている。

「あれからずいぶん背が伸びて、大人っぽくなって。見てるだけで十分だった。廊下ですれちがうとき、ふいに見た当時と変わらない笑顔だけで、私の想いは十分報われた」

——君は僕を知っていた。

「幸せでいてくれればいいと思った。それなのに、偶然見つけてしまったリストに、あなたの名前が書かれていた」

ブランコはとうに止まっていた。

「泣きそうだった。どうして、って何度も思った。ただ、見てるだけで十分だったのに、幸せでいてくれればいいと思ったのに。神様は私の願いを叶えてはくれなかった」

君がだんだん涙声になる。

「だから、一年間、どうしてもあなたのそばに行きたかった。叶うことのない初恋を、ああ言って半ば無理やり叶えた。相手の気持ちなんて慮りもしないまま。最低だね」

長い黒髪が、記憶の中の少女に重なった。

「ねえ、八年ぶりだったんだよ、蒼也くん」

君の言葉で記憶が鮮やかに蘇ってくる。そうだ。あの日、僕らはお互いに名前を聞いていた。

『俺、蒼也。新藤蒼也。お前は？』

『……ひな。たちなみひな』

ためらいがちに開かれた唇から、答えは出ていたんだ。

『そうか、ひなかー。どうやって書くの』

『緋色に神奈川県の奈って書く』

『緋色？』

『赤色って意味』

『へえ！　俺の名前、蒼也の蒼、青って意味なんだよ』

『そう』

『すごいな、青と赤だ!!』

そう言って僕は手を叩いたら、君は僕を見上げて、変な人と呟いたのだ。

「……緋奈だった」

あのときと同じ場所で、僕の初恋が繋がった。

「あれは、緋奈だったんだ」

驚きを隠せないまま口に出すと、君は涙を拭いながら小さくうなずく。

「ごめんなさい」

初めましてなんて嘘をついて、なんて言われて僕は黙ってしまった。

「きっと覚えてないだろうと思って。言えなかった。浅ましいやつだ、私」

「……そんなことない」

「え？」

「そんなことないよ」

僕はブランコから飛び降りて、君の前に立った。

「あれが緋奈だってことは今の今まで忘れてた。そこは後悔してる。でも、俺はここに来ればまた、あの子に会えるかもしれないなんて思って、この公園に毎日通うようになった。

しまいにはまるで散歩コースみたいに来てたけど」

君を見つめて僕は笑う。だって、君の表情が、見たこともないくらいに人間味を帯びていたから。ぐしゃぐしゃで、いつものなにを考えているのかわからない顔なんてどこにもなくて。そこにいるのは、ただの十七歳の女の子だった。

「偶然じゃなかったとしても、俺はこうしてもう一度初恋の女の子に会って、もう一度恋をしてそれが叶ったんだ。まあ結果論だけどさ」

「……怒ってないの？」

「さっき怒る気失せたって言ったろ。でも、それより……」

「それより？」

「ずっと捜してたんだ。憶えてもないのに、もう一度会えたらって。気づかない間に会ってるとは思わなかったけど」

だから、もういいよと言って僕はブランコから君の手を引っ張り立ち上がらせ、腕の中に閉じ込めた。その体は冷え切っていて、僕の熱を奪っていく。

「ありがとう」

僕の言葉に君は無言でうなずいて、抱きしめ返してくる。

君のことだから、あえて言わなかったのだろう。四月の僕は無彩病のことで頭がいっぱいで、死の恐怖にさらされていた。そんなときに突然、昔から知っていたと言われても素直に喜べなかっただろうし、ましてや無彩病になったことで再会できたとわかれば、虚しさを募らせたかもしれない。

僕の最後の一年、一緒に過ごそうとしてくれたこと。あえて初めましてと言ったこと。全部、僕のためだったことに泣きそうになる。信じられるものはここにあったのだ。

震える君の肩を強く抱きしめて、僕は縋りつくように言った。

「……死にたくない」

君への愛しさがあふれる。

君はなにも言わなかった。

「……緋奈、俺死にたくない」

「……うん」

「正直、今までなにもかもどうだっていいと思ってた。いつ死んでもいいと思ってた。……でも、俺やりたいことがたくさんできたよ」

君が教えてくれた。誰かを想うことがこんなにも素敵だってこと。当たり前に来る日常が、こんなにも尊いものだということ。色が見えなくなっていく世界で、愛情が未来への希望を与えること。

しかし、同時に変えることができない現実を突きつけられた。どれだけ願っても、僕らの恋は、幸せな終わり方ではないのだ。

「……うん」

「これから、クリスマスにはふたりで出かけて、正月には初詣に行って、白い息吐きながら手を繋いで学校行って、また翔と里香とみんなで馬鹿なことやって、バレンタインには緋奈からチョコもらいたい。緋奈の手作りチョコ」

「……うんっ」

「それでちゃんとお返ししなきゃ、ほしいもの言っといて」

「考えとく……ね」

クリスマスプレゼントは、うんと高いやつを買おう。僕の貯金を全部なくしたってかまわない。それで君が喜んでくれて、僕と過ごした一年を忘れないでいてくれるなら十分だ。

「二年生が終わって春が来たら、この公園で桜見よう、ふたりで。それで四月六日には俺の誕生日祝って、また三年生になって同じクラス、隣の席になるの」

きっと君は窓際で、僕の髪が綺麗だと言うんだろう。もう一度、初めましてをしてみるのもいい。今度はきっと顔を合わせて笑いあえるだろう。

「……蒼也くん」

「夏には花火見にいこう、また浴衣着て。今度は海も行こう、緋奈の水着姿きっとかわいいから。秋になったら文化祭ふたりで回ろう、今度は王子は翔なんかじゃなくて俺だけがやる。それでまた今日みたいに緋奈の誕生日を祝うんだ」

「蒼也くん!!」

叫ぶような声に顔を上げた。君の瞳に映った僕はきっと今までにないくらいボロボロだっただろう。

心臓が苦しく、視界がゆがむ。ずっと言えなかった言葉が君の前で漏れ出した。

「……なんで俺死ぬのかなあ?」

とめどなくあふれる涙を拭って震える唇から出した声は、自分から出たとは思えないくらい、弱々しい。

「ねぇ……死にたくないよ、まだ。死にたくない、死にたくない、死にたくない!!」

君に縋りついて声をあげて泣く。ああ、なんて滑稽なのだろうか。言っても意味がないって、頭ではわかっているのに。

「……置いてかないで」

本音だった。自分から出た、初めての言葉。君の未来を壊してしまう、死を受け入れてしまった言葉。

「……俺を置いて、未来《さき》に行かないで」

✽

君の見る未来に僕はいない。それに初めて気づいたのは、君と付き合ってから一か月が経った、五月のことだ。葉桜を見ていた君に翔が声をかけていたところを、廊下からたまたま見かけた。

なにもやましいことなんてなかったのに、僕はなぜか教室に入れずにいた。

「蒼也待ち？」

「そうよ、矢田くんは？」

「俺は教室に忘れ物したから取りにきただけ。すぐに部活に戻るけどね」

「そう、大変ね」

「大変だけど好きだしね。蒼也、どこ行ってるの？」

「職員室よ。プリント出すの頼まれたらしくて」

「あー災難だな」

仲良さそうに話しているふたりの会話を盗み聞きしていた。早く行けよと友人にイライラしながら、それでも僕が教室に入ることはなかった。自分以外の男と君がふたりで話しているところが気に食わなかったのだ。たぶん、嫉妬ってやつだ。

「立波さ、桜好きなの？」

「……なんで？」

「だっていつも窓の外見てるじゃん？　ここから見えるものと言えば桜くらいしかないし。すぐ下の昇降口も桜で遮られてるくらいだから、それ以外見るものないでしょ？」

「よく見てるのね」

「まあ、蒼也の親友だからね。あいつもよく桜見てたし」

「そう……。桜、好きよ。大切な思い出があるから」

——まさかその思い出が僕との出会いだったなんて、そのときの僕は知る由もなかった。

「へえ……俺あんまり好きじゃないんだよね。ほら、毛虫たくさんいるじゃん？　どうも芋虫系の虫苦手で。ほかは大丈夫なんだけど」

「意外だわ」

「よく言われる」

そういえば、あのモテる友人は意外にも虫が苦手だった。なんだ、くだらない話をしているだけじゃないか。安心した僕は、教室に入ろうとドアに手をかけた。

「……来年も見られるといいな」

ふいに言った君の一言に、その手が止まる。

「見られるだろ、いくらでも咲いてるしな」

「そうだね」

——来年も。君は当たり前に未来の話をした。僕には存在しない、未来の話を。

君の肩に顔をうずめて泣く僕は、なんて醜いのだろう。君は小さな手で、僕の背中に爪を立てるくらい強くしがみついてくる。離さないと言わんばかりの手は、震えていた。

「最期までそばにいるわ」

声も体も震わせながら、それでも凜とした態度で君はそう言った。

「未来なんてわからない。だけど、私はずっとそばにいる。私が、そうしたいから」

「なんだそれ」

僕は思わず微笑んだ。僕が諦めそうになったとき、いくらでも手を引っ張ってくれる。それは僕にとって大きな光だ。

「約束する」

「そんなに震えてるのに？」

「お互い様でしょ」

涙に濡れ、ぐしゃぐしゃになった顔で僕らは笑いあった。

ただの十七歳の僕たちにとって、死はあまりにも漠然としていて実感が湧かない。しかし、圧倒的な存在であり、時折得体の知れない恐怖を連れてくる。

立ち向かうには大きすぎて、打ち勝つことなんてできやしない。

僕らはもうわかっている。ふたりの物語がハッピーエンドで終わることはなく、それは受け入れるしかない運命だということを。

だからもう、「死にたくない」なんて口にすることはやめる。もはや死は足音を止めず近づいてきている。それを受け入れてしまえば僕は明日を信じることができない。

でも、僕は最期まで君といたい。生きることを諦めない。一日でも君の未来に存在していたい。ただ、それだけだった。

どのくらいそうしていただろうか。公園の時計を見ると、時刻は七時を回っていた。

「遅くなってごめん、時間大丈夫？」

「大丈夫、私こそごめんなさい」

公園を出て、夜の住宅街を手を繋いで歩く。お互い腫れた目もとが目立つけれど、今の僕らは気にも留めなかった。

「あ、そうだ、忘れてた」

街灯の下で足を止め、僕は鞄の中を漁り、水色のリボンでラッピングされた小さな紙袋を取り出す。

「誕生日、おめでとう」

「え……」

「誕生日プレゼント。趣味に合えば……いいのですが……」

緊張で敬語になってしまった。気に入るかなんてわからないから、本人を前にすると言葉が出ない。君はそれを受け取ってゆっくりと開けた。

「バレッタ……」

「……いや、あの、いつも耳もとにピンつけてるじゃん……俺はもう見えないけどさ、たしか赤だったよな」

君の手の中にあるのは、上質な深紅のリボンでできたバレッタだ。そう、深紅だ、僕にはもうわからないけれど。

「なんで、赤……蒼也くん見えないじゃない」

「あ、選ぶときは里香に手伝ってもらったんだけど。ばれないかヒヤヒヤしたわ」

「そうじゃなくて!!　蒼也くんもう見えないじゃない、着けてもわからない……」

「そうなんだけどさ、緋奈、赤好きでしょ?」

ばれてないとでも思ってたのか、君は驚いた顔で僕を見る。こういうところは詰めが甘いよなと愛おしくなる。

「だって俺が見えてたときは小物は赤ばっかだったじゃん。ピンも。だけど俺が見えなくなって、服装も全部青系統に変えただろ?　俺が見えるように、わかるように。だけど、やっぱり好きな色を纏ってほしいんだよ、俺は」

君の手からバレッタを取って、耳もとの青いピンと着け替えてやる。

「ほら、そっちの方が似合ってるよ」

もう見えないけどと笑いながら冗談交じりに言えば、君は涙目で僕を叩く。

「痛っ！　いきなりなにするんだよ」

拳を握りしめて、もう一度僕の胸を叩いた君は下を向いたまま返事をする。

「……大事にするね」

僕は笑いながら君の頭をなでた。

「おう」

「でも、服装は青系統のままよ」

「いや、なんでだよ。この流れだと変えるでしょ」

「だって」

君が顔を上げる。その表情はいつものいたずらっぽい笑みではなく、切ない笑顔だった。

「あなたの世界から色が消える最期の瞬間まで、私は綺麗なまま存在していたいの」

初めて聞いたその言葉に、僕は唇を嚙み締めた。君はずっと、そう思ってくれていたのか。僕の世界が終わる最期の瞬間まで、僕の目に鮮やかに映るようにと。

「ありがとう」

僕は君の手を引き、再び歩きはじめる。

張り裂けそうなくらい痛む胸を押さえて、あふれ出しそうな感情を抑えつけた。悲しいくらいに君への好きが大きくなっていく。それが辛くてしょうがない。

僕のことをこんなにも想ってくれている君に思うのは、たったひとつだった。僕は今日ほど、君の幸せな未来を願った日はない。

夜の暗い道を照らすのは街灯だけだった。もうすぐ君の家に着くらしい。いつも送っていっても途中でいいよと言われていたが、今日は初めて自宅の前まで行く。

「あそこ」

君が指をさすその先には、黒い門で囲われた煉瓦造りの大きな家が建っていた。

「うわ、でか……」

僕の知っている一軒家の大きさではない。どちらかというと豪邸と言った方が正しい。

「送ってくれてありがとう」

「どういたしまして」

門の前で君が僕の手を離すと、なんだか少し寂しくなった。ふいに玄関の扉が開く。

「おかえり」

「……お父さん」

そこに立っていたのは君の父であり、僕の主治医だった。彼はなにを言うでもなく優しく微笑んでいる。

「仲直りしたみたいだね」

「先ほどはお騒がせしてすみませんでした」

僕は頭を下げる。

「いまさら言うのもなんですけど、緋奈さんとお付き合いさせていただいています」

僕は顔を上げて、一言一句、嚙み締めるように言う。患者と医師としてではなく、ひとりの人間として言わなくてはいけない。

「先生もわかっていると思いますけど、俺にはもう、時間がないです」

驚く先生の顔を見つめながら、続ける。握りしめた拳に力が入った。

「本当に勝手なことを言っているのはわかっています。だけど、俺は、最期まで彼女といたいです。目を閉じる瞬間まで」

本当に自分勝手な言い分だと思う。僕にはあと少ししか時間が残されていなくて、君を幸せにすることなんて叶わないのに。

「未来に、俺はいません。もうこの事実はどうやったって変えられないことだってわかっています。だからこそ、無責任かもしれないけど、最期まで彼女と、緋奈と一緒にいたい。残された時間で……」

言葉を切り、唇を嚙みしめて君の方を向く。その目尻からは、再び涙が零れ出しそうだった。

「絶対に幸せにします。俺がいなくなったその先も、幸せでいられるように」

きっぱりと言い切って、玄関へと向き直った僕の顔を見て、先生は目尻を下げた。

「緋奈、先に家に入っていなさい」

ていった。

「大丈夫。男と男の大事な話だよ」

僕の方を心配そうに見た君に小さく手を振る。君は今日はありがとうと呟いて家に入っ
ていった。

「さて、話をしようか。新藤くん」

僕は息を呑む。もしかしたら取り返しのつかないことをしてしまったのかもしれない。

きっと怒りの言葉が飛んでくるだろうと覚悟した。

しかし、かけられたのは驚くほど優しい声。

「緋奈をよろしくね」

「え……」

「怒るとでも思った？　そんなわけないよ。親としては嬉しい」

「え、ちょっと待ってください。え、いいんですか？」

「ああ」

僕は困惑する。どんな罵声を浴びてもかまわないと思った。大切な娘を、あと半年も生
きられない子供が幸せにするなんて言ったって、絵空事だ。

「……俺は！　あと半年も生きられないんですよ！」

口に出すと改めてその事実にくじけそうになる。生きることを諦めそうになるけれど、

最期まで抗うと決めた。僕は君といる未来を夢見ていたいのだ。

「……緋奈が、いつもなにも求めることのなかった緋奈が、自ら君にもう一度出会うために動いた。君に会って恋をして、あの子は別人のように輝いていた。僕らが見たことのない顔で笑うようになった」

先生は優しい声のまま続ける。

「人付き合いが苦手だったあの子に、たくさんの友達ができた。今まで楽しいと言ったことがなかった学校に、毎日笑顔で行くようになった。なんでかわかるかい？　君がいるからだ」

僕はただ、黙って聞いていた。この人の言葉をひとつも聞き逃してはいけない、そう思った。

「全部君のおかげなんだよ、新藤くん。だから私は、緋奈と君にどんな未来が待っているとしてもなにも言うことはないよ。君からはたくさんのものをもらった。うちの奥さんも、同じ考えだよ」

涙が一粒頬を伝う。さっきあれほど出したのに、僕の涙腺は機能がおかしくなってしまったのかもしれない。

「だから、娘をよろしくね」

269/365日

「あー寒いー」

大晦日の夜。かじかむ手に息を吐いて温めながら、地元の神社へと続く参道の街灯の下で、真っ暗な空を眺めている。

「よう」

「おう」

うしろから歩いてきた翔に声をかけられた。鼻が濃い灰色に染まっている。

「お前、鼻赤いぞ」

「蒼也は耳も赤いぞ」

見えない僕がいともたやすく色を当てられるのは、灰色の濃度と状況を合わせて判別しているからだ。我ながらかなりすごいと思っているが、慣れてしまっただけなのだろう。

今やかなりの色が見えなくなった僕の世界は、黒、白、灰色、そしてまだ見える青色で作られている。主に濃淡が作り出す世界の中で、赤と緑は同じ濃いめの灰色だ。でも、肌が緑になることはない。かの有名なファストフード店の看板も緑に変わることはないし、道に植えられた草木が赤いわけがないのだ。そうやって自分の中でひとつずつ整理しながら、今に至っている。

「にしても、クリスマスは楽しかったなー」

「本当にね!!」

翔の言葉に聞き覚えのある声がうしろから返ってきた。

「うわ、どこから出てきた里香!!」

男ふたりで夜の参道を歩いていたはずなのに、突然、僕と翔の間に幼馴染が顔を出す。

「えー気づかなかったの？」

「全然気づかなかった」

「俺はすぐわかったぞ。だってお前のその、オレンジのダウン目立ちすぎ」

「えーかわいいでしょ」

やらかした、と僕は内心思った。たまにこういうことがある。極力、周りをよく見るように心がけてはいるが、やはり見えないものは見えないから、気づけないことがある。

「蒼也、目、悪くなったんじゃない？」

「かもね」

里香の問いにも、いつもどおりを心がけ、何事もなかったかのように返す。見えないことをごまかすのもいつの間にかうまくなっていた。

「で、クリスマスは楽しかったねー」

「蒼也の家を荒らしまくったな」

「片付けるの大変だったんだぞ」

　クリスマス。いつもの四人でうちでパーティーをした。本当はふたりきりで過ごしたかったけれど、前日一緒に過ごしたんだからいいだろと、翔と里香に押しきられたのだ。挙句、人の家に押しかけ、荒らして帰っていくという始末だ。本当は途中で追い出そうかと考えていたが、君があまりにも楽しそうに笑うから、僕はなにも言えなかった。

「久々にクラッカー鳴らしたな」

「片付けが！　大変だったんだぞ!!」

「ごめんって、蒼也クン」

　語尾にハートでも付いていそうな言い方を翔がする。

「うざいきもい」

「おい聞いたか、里香。ひどいぞこいつ」

「大丈夫、矢田はもともと気持ち悪いよ」

「おいお前ら！　学園の王子になんてことを言うんだ」

「嫌だー、自分で学園の王子とか言ってるよー」

「本当だ、イタいな」

「もういいよ！　泣く！」

「ご自由にどうぞ」

泣き真似を始めた翔を無視して早足で歩く。長い階段を上がって山門が見えたところで、青色のコートが見えた。

「緋奈」

僕が声をかければ君はこちらを向き、笑顔を振りまいた。

「蒼也くん、こんばんは」

「こんばんは」

君の唇が開かれ、吐き出された白い息が夜空に一瞬で消えていく。その様子にひどく儚さを感じると同時に、綺麗だと思った。

「また青？」

「ええ、これだけは譲れないもの」

自信満々に言う君の服装は今日も青だ。僕が唯一見えないのは、その耳もとに留められたバレッタだけだ。君の誕生日にあげたバレッタは、毎日欠かすことなくその耳もとに着けられている。

そして君は会うたびに聞いてくるのだ。

「似合う？」

今日も、耳もとを嬉しそうに指さしながら言う。

「それもう何度目だと思ってんの」

「三十回は言ったかしら」

「懲りないな」

僕は半分呆れながらも、似合うよと言葉を返す。

「今日はこれも着けてるの」

じゃん！　と声を出しながら君はマフラーを外す。そこには小さな石が付いたシルバーのネックレスが光っている。僕がクリスマスにあげたものだ。

この先、通帳にお金を貯め込んでいても仕方ないと、貯めてきたお年玉を持ち、奮発して慣れないジュエリーショップにひとりで買いにいった。

そのときの恥ずかしさを思い返すと、もう二度と行きたくないと思ってしまう。でも、君が喜んでくれたのならそれでいいかと考えるあたり、僕は君に心底惚れていると再確認させられた。

「寒いから、早くマフラー巻き直しなよ」

「マフラーといえば、使ってくれているみたいで安心したわ」

「……まあ、そりゃあねえ」

僕は口もとを隠すために濃紺のマフラーを上げる。ほのかなぬくもりを宿すそれは、クリスマスに君からもらったものだ。

白い息を吐く君の首もとを隠すために、その手からさっき外したマフラーを奪い、グルグルと巻きつける。

「お母さんみたいね」

「……笑うなよ」

「おーい。おふたりさんー」

ふいにうしろから聞こえた声に、彼らの存在を思い出した。

「いちゃつくのは、ふたりのときにやってくれますかねえ」

「矢田、あんた今自分に彼女がいないからって見苦しいわよ」

「うるさい!! お前のド派手なダウンすら気づかないほどイチャついてたからだよ！」

「緋奈ーごめんね待たせちゃって」

「大丈夫よ、里香ちゃん」

「無視かよ！」

なんとなくいたたまれなくなって、翔の肩を軽く叩く。

翔は君のことが好きなはずなのになにも変わらず、一歩すら踏み出さない。それに安心しきっているのと同時に、僕がいなくなった後、彼になら君を任せられると考えている自分もいた。

今日は手袋をわざとしていない。ポケットから手を出して、何度か握りこぶしを作ってみる。こうすることで今もまだ、自分がここにいることを実感できる気がするのだ。

「じゃあ行こうか!!」

左手は、まだほんのりと温かく、歩き出す君の冷え切った右手を握り、熱を分けるには十分だった。鳥居をくぐるとすでに参拝者の列ができていたので、そこに並ぶ。そろそろ、年が明けそうだ。

「あと何秒だ!?」

「たぶん三十秒！」

「たぶんってなんだよ！　しっかりしろ里香！」

「矢田うるさい……あ、明けてた」

「え、軽いな」

僕は驚いてツッコミを入れた。ふたりで喧嘩をしていると思ったらこれだ。

「明けましておめでとうー!!」

「とうー!!」

「明けましておめでとう」

「おう」

はしゃぐ三人を横目にそう返したが、僕は祝う気持ちになれなかった。

——今年で君とさよならなんて。

ゴーン……と、除夜の鐘の厳かな音が辺りに反響する。参拝をするための長蛇の列は、ようやく動きはじめた。

「いやー新しい年になっちゃいましたね」

「大して変わらないだろ」

「馬鹿だな、矢田。こういうのは気分よ！　ねえ緋奈？」

「そうかも」

ほんの数秒前は去年だったのに、突然今年に変わる。変わったところでなにか大きなことがあるわけでもなく、気持ちが変わるわけでもない。

ただ、今年はちがった。十二時を過ぎた瞬間、なにかが消えるような感覚がした。なにが消えたのかなんてわからないまま、僕は手を握っては開いてみた。

空は変わらず綺麗で、真っ黒の中に白い星々が輝いていた。三日月の周りに薄い雲が浮かんでいて、幻想的な風景を作り出している。

「どうかしたの？」

君の声が聞こえて視線を戻す。その瞬間、違和感の正体に気づいた。

君の着ていた濃紺のコートが灰色だ。

ついさっきまで見えていたはずの濃い青。除夜の鐘が鳴るまでそこに存在していた色を、もう思い出すことさえできない。

「なんでもないよ」

僕は笑ってごまかす。僕の世界から色が消える最期の瞬間まで、綺麗なまま存在していたいと言ってくれた君のコートの色がもうわからないなんて、口に出せなかった。

こうやって死に向かっていくのだ。誰に言われるわけでもなく、自分が一番よくわかっている。緩やかな死。けれど、確実に近づいてきている。いまさらなにを驚くわけでもなかった。

告知されてから二百七十日、僕はこれにずっと向き合ってきたのだからもう慣れっこだ。ただ微かに震える左手は、きっと少しだけ残された恐怖心の現れだろう。

「ははっ」

思わず乾いた笑いが零れた。

「おい蒼也、いきなりどうした」

わかっていたはずなのに、それでも辛くなる自分がいた。

「ごめんごめん」

君がどんどん灰色に侵されていく。

「俺、そんなに記憶力悪かったかなあ……」

急に怖くなってぼそりとそう言うと、繋いだ手に力を入れた。

「……悪くないはずよ」

小さく呟かれた声が聞こえ、握り返された手から温もりが伝わる。

ああ、僕はまだ、ここにいる。先ほどまで湧かなかった実感が、今になってようやく湧いてくる。僕は本当に、今年で死ぬんだ。

繋いだ手の温もりを何度も確かめながら参道を進む。いつの間にか長く続いていた参拝客の列の先頭に立っていて、目の前に賽銭箱が現れた。

賽銭箱に小銭を投げ入れる。去年までは五円や十円を入れていたが、今年は五百円玉を投げ入れた。最後なのだ、少しくらいサービスしたってかまわないだろう。だから、ちゃんと願いを聞いてくれないかな。

なにも願わなくなってもう四、五年が経っている。願うのはこれが最後だ。神様の存在を、今年くらい信じてもいいだろう。

丁寧にお辞儀をして、ゆっくり手を合わせた。

もしもし、聞こえますか？　こんにちは、いもしない神様へ。十七年生きてきました。ですがそれも後、数か月で終わるようで。だから、最後くらい神頼みをしてみます。ひとつ、僕がいなくなった後でも、君が笑って過ごせますように。もうひとつは――。

願いを終え、僕は目を開いた。隣には丁寧に合掌をし、願いを届けようとする君の姿がある。ふいに君が目を開き、再びお辞儀をした。

「終わった？」

「ええ」

一足先に参拝を終えていたふたりのもとへ駆け寄った。

「緋奈、ずいぶん長かったね」

「そうかしら？」

「うん、里香なんて五秒で終わったよ」

「いや、それは早すぎだから」

突っ込む僕に君の顔が綻んだ。ああ、くだらない。くだらないなあ。そんなくだらない日常すら愛しく感じる。

「なんかさ、最近蒼也、よく笑うようになったよな」

「そうか？」

何気ない友人の言葉に、内心驚く。

「そうだよ、前まではそんなに笑わなかった。いっつも俺らのこと小馬鹿にしてるだけだったろ」

「あ、大丈夫。それは今も」

「おい」

たしかに、馬鹿だろと翔のことをよく鼻で笑っている。

「彼女効果だよ、矢田」

「はい出たー。そういう惚気」

「誰も惚気てないだろうが」

相変わらず、勘がいいなと思った。彼は聡い。僕がなにかを隠していて、だからよく笑うようになったことにもおそらく気づいている。

「それじゃあ、お開きだな」

「おう」

「蒼也ー、あんたちゃんと緋奈送りなさいよ!!」

「送るに決まってるだろ!!」

「じゃあ、またね。おやすみなさい、里香ちゃん、矢田くん」

手を振りながら歩いていく背中を見送る。曲がり角でふたりが見えなくなり、僕らも歩き出した。

「相変わらず賑やかだったわ」

「いつもどおり、うるさかったな」

「でも蒼也くん、嬉しそうだったわ」

「そう……楽しかったよ」

歩幅を合わせて歩く。小さな歩幅にもこの二百七十日で慣れてしまった。

「そういえば、ずいぶんと祈ってる時間長かったけど、なにをそんなに願ってたの？」

「蒼也くん……願い事は口にしたら叶わなくなるということをご存じ？」

「あー、聞いたことある」

「じゃあ、蒼也くんが教えてくれたら教えるわ」

「おま……今、口にするなって言ったのに……」

「ふふ、内緒。絶対教えないわ」

まあそれは僕もだ。さっき祈ったことを思い返す。

「蒼也くん？」

「なんでもない、行こう」

僕はまた、その右手を握った。もうひとつの祈りが、最期まで僕に抵抗する力をください、だったことを、君に教えられるはずもなかった。

＊

少しずつ暖かくなり、役目を終えたマフラーをクローゼットの奥にしまった。この先二度と、使わないであろうそれに一言、ありがとうと言ってみる。

冬は静かに終わりを告げた。

今日は僕の学生生活の、おそらく最終日。三年生の始業式まで生きていられるかなんてわからない。過ぎていく一日一日を噛み締めて生きていたら、時間というものはどうやらとても速く過ぎ去ってしまうらしい。気がつけばもう三月、終業式になっていた。

朝、制服に袖を通す。最後かもしれないと思うと、なんだか名残惜しい。いつもは緩めに着けていたネクタイも、今日だけはちゃんと着けようかな、なんて思ったけれど手が止まった。いつもどおりに緩く着けて、最後くらい担任の説教に引っかかってやってもいいと思ったのだ。

「いってきます」

家を出ると外はまだ寒くて、白い息が出る。三月が春なんて、いったいどこの誰が言ったのだろうか。まだ春の気配なんて一ミリも感じられない。もう今の僕には、空の色以外、灰色に見える。もはや最初から世界が灰色だったかのように違和感すら憶えなくなった。

「おーはよー!!」

「うわっ!!」

うしろからの体当たりに、僕は思わず体をひねった。

「お前なー……」

「びっくりした?」

僕のうしろでケラケラと笑っているのは案の定、里香だ。

「なんでうしろ歩いてんの」

すぐに追い越すと思っていたのになかなか来ないので、僕は再び振り返る。里香は、いつだって僕の前を歩いていたはずだ。それが今日は珍しくうしろにいる。

なぜか立ち止まっていた里香は一瞬驚いた表情を浮かべ、笑いながら僕の前へ走り出る。

「なんだよ」

「ううん、なんでもないよ」

数歩前を歩く幼馴染を見て、いつの間にかその背中が小さくなっていたことに気づく。僕はずっと、この背中に守られてきたんだ。僕が彼女を好きになれないことに里香はとうの昔に気づいていた。いつでも切り捨てることはできたはず。

なのに、ずっとそばにいる。当たり前のようにそこにいて、前を歩いている。想いを告げた後も、変わらない態度でいてくれた。去年の四月には気づくことのできなかったその大切さに、僕は改めて気づいた。

「お前、いいやつだよな」

「なにそれー、やっと里香の魅力に気づいたの？　なんなら緋奈と替わる？」

「替えねえよ、ばーか」

「知ってるー」

冗談めいたその言葉に、今も想いが込められているのかは、僕にはわからない。けれど、里香は清々しい様子でこちらに戻ってくると、僕の肩を叩きながら口角を上げた。

僕らは男女の関係にはなれなかったけれど、きっとそれ以上の絆がある。

「蒼也、変わったよ」

「いきなりなんだよ」

「一年前くらいまでは、里香がうしろにいても気にも留めなかった」

「そうだっけ？」

「ねえ、蒼也」

そう言う表情がいつになく真剣で、僕は思わず足を止めた。

「なにを隠してるの？」

時間が止まった気がした。僕の瞳を捉えて離さない彼女の目から、視線をそらすことさえ叶わない。

「……なにが？」

平然を装ってみた。ここで表情を変えてしまえば、それでおしまいだろう。

「気づかないとでも思ってる？　伊達に幼馴染やってないよ」

いつからだ。いつから勘づかれていたのか？

「べつに隠してることなんてないよ」

「嘘をつくとき、蒼也は必ず首を触る」

首もとを触っていた僕の右手が止まった。

「ねえ、そんなに言いたくない？」

後に引けない状態になってしまい、僕は仕方なくため息をついた。

「べつに大したことじゃないよ、ちょっとした考え事」

そう言った僕を見つめて離さない彼女は、数回瞬きをしてから息を吐いた。

「じゃあ、もう聞かない」

くるりと方向転換して歩き出した里香に、僕は心底ホッとした。バクバクと鳴る胸がうるさい。

「諦め早いな」

いつもどおりに、わざと挑発するようなことを言う。本当は今にも心臓が飛び出してきそうだ。

「里香に言わなくても、緋奈には言ってるでしょう？　……ならいいよ」

そう言った彼女は、困ったように眉を下げていた。

「まったく世話が焼けるんだから！」

また歩きはじめた彼女の背中を見て、言葉を紡ごうとして開いた唇を閉じる。

僕にはわからなかった。ここで言うのが正しいのか、それとも言わないのが正解なのか。

今まで緋奈以外に言わなかったのは、僕を思い出にしてほしくなかったから。

誰かに気づかれて、悲しみを指折り数えなくても済むように。当たり前のように来ると信じて、また明日と言ってほしかったのだ。

そうすることで、迎えられないとわかっていても、自分にもまた明日が来るような気がする。そうしたら僕は、きっと終わりを自然に受け止められると思った。

昔、ドラマで大切な人を事故で亡くすシーンがあった。そのときの僕はまだ子供で、残された人の悲しみを、ただ客観的に見つめていた。そして、もし自分が死ぬとわかっていたらどうするかということに思いを巡らせた。

そのときは出なかった答えを、僕は今ここで出していた。

「ごめん」

見慣れた背中に小さく呟いた。

「お前ら、三年生になっても頑張れよ!! ちゃんと勉強するんだぞー!! とくに矢田!!」

「うえぇー。なんで俺だけ名指しなのー」

体育館での終業式を終え、教室に戻り、帰りのホームルームで言った担任の最後の言葉に、クラス中が噴き出した。僕は口もとを押さえこらえる。隣の君も同じように口もとを隠して肩を震わせている。こうやって君が隣にいて微笑んでいるのが当たり前になった。

ホームルーム後もいまだ騒がしい教室は、文化祭の頃を見ているみたいだった。あのとき中心にいた僕は、今は遠くからその光景を眺めている。

相も変わらず中心では翔が騒いでいる。少しだけ変わったのは、その輪の中に君がいるようになったこと。一年前には考えられなかったことだ。

最初、君はどこか絡みにくい存在だった。君にそれを気にする様子はなく、平然とひとりでいるような人だったけれど。

大きな転機となったのは、あの文化祭だろう。それまで距離を置いていたクラスメイトと、君は積極的に関わるようになっていった。どこか冷たくて関わりにくい印象を君に抱いていた彼らも、次第に態度を変えていった。

いつからか、たくさんの人に囲まれているのが当たり前になっていた。男女関係なく、君の周りには人が集まって笑っている。その光景に少しの寂しさと、それ以上の嬉しさを感じた。

僕がいなくなっても続くであろう景色に、どうしようもなく安心した。頬杖を突きながら眺めていれば、君と目が合う。嬉しそうに微笑む君を見て、僕はヒラヒラと手を振った。

君から窓に目を移すと、外に見える桜の木には小さな蕾がついている。こうやって季節は巡ってまた春を迎えようとするのだ。

「蒼也ー来いよ!!」

うしろから僕を呼ぶ翔の声に、視線を窓から戻す。見るとクラス全員で集合写真を撮るところだった。

「こっちこっち」

翔に腕を引っ張られて、真ん中にいる君の隣に連れていかれる。

「じゃあ、撮るよー」

正面でほかのクラスの女子がカメラをかまえている。これが思い出になる頃、きっと僕はいない。

翔の隣に肩を組んで中心で笑っている僕は、あと二週間ほどでいなくなるのに、こんなにも目立つところで笑っていていいのだろうか。

二本の指を突き出そうとしたポーズが、音もなく落ちていく。

「じゃあ行くよー、三、二」

カウントダウンが始まった次の瞬間に、落ちていったはずの僕の手が突然持ち上げられる。見ると君が僕の手を支えていて、隣で笑顔を作っていた。

「大丈夫」

そんな声が聞こえた気がして、僕の視線はカメラに向いた。パシャッと小気味のいいシャッター音が鳴り響く。そこで、僕の高校二年生が終わった。

帰り道、隣で君は静かに足を進める。さっそくスマートフォンに送られてきた写真を眺めると、笑顔で写る翔の隣に眉を下げ困ったように笑う自分が写っている。その隣に写る君は、いつものように綺麗に微笑んでいた。

「困った笑い方ね」

僕のスマートフォンを覗き込む君が、僕の笑顔を指差す。

「うん、目立つな」

「蒼也くんは、なにかあるといつもこう笑う」

「え……嘘……」

「本当」

君が言うのなら、きっとそれは事実なのだろう。この一年、一番近くにいた君は僕のことをよく見ていて、小さな変化にも気づいてくれたのだから。

「これで最後だって思ってた？」

「まあ……それもあるかな」

画面を暗くしてポケットに戻した。ほんの少し、ズボンのポケットが重くなる。

「明日があるって信じていれば、最後じゃないかも」

「予想外にも、新学期を迎えられたりしてね」

「そうそう。先のことなんてなにが起こるかわからないわ」

「緋奈って結構、もしもの話好きだよな」

「そうかも。いろいろな可能性があったならって考えちゃうわ」

もしもの話を笑いながらする。君と付き合ってから幾度となく語りあった、希望にあふれる未来の話は、一時的でも僕らの心を穏やかにするのには十分だった。

現実の未来には一ミリも希望が残されていないし、万にひとつの可能性すらない。それに気づかないふりを続けていても、ふと、なにかの拍子で思い出してしまう僕らは、そのたびにもしもの話を繰り返していた。

もし、もしも。その言葉を繰り返していれば、いつかそれが本当になるんじゃないかと、ありもしない幻想を抱いていたからだと思う。

でも、それも今日で終わりにしよう。

「なぁ」

「なに？」

「好きだよ」

冷たい風が、僕らの間を通り抜けた。坂道の途中、急に止まった僕を数歩先の君が見つめている。少しだけ開いた瞳孔が見えるが、マフラーで口もとが隠れて表情はわからない。

僕は、ポケットに突っ込んだままの手をわざと出さなかった。世界は鈍色なのに、僕の瞳に映る君だけは、いつだって色づいている気がした。

「いきなりどうしたの？」

そう言った声はどこか震えていた。

「そんなに珍しかった？」

「ええ。驚いたわ」

愛おしさが零れ出し、僕の顔は緩んだ。また、眉が下がっているかもしれない。

「言いたくなったから」

止まったままの君の足は、一向に動こうとはしない。

「言いたいときに、言いたいことを言っとこうと思って」

もうすぐ言えなくなってしまう。だから、その前に伝えておきたいのだ。

「やめて」

下を向いた君が、握り拳を作っている。

「そんな思い出作るみたいなことしないで」

顔を上げた君を見て、僕は驚いた。泣きそうで辛そうで、それでも必死に堪えている。

そんな表情を初めて見た。

「私は、蒼也くんを思い出にするつもりはない」

「あと少しでいなくなるのに？　その後も緋奈の日常は続くんだよ。歳をとって、誰かとまた結ばれて、結婚して子供ができて」

「続かないよ」

「続くよ、俺がいなくても。続くんだよ。おばあちゃんになって死ぬまで。いつか今日が思い出すことさえできない遠い昔の記憶の欠片になるまで、緋奈は生きるんだ」

「生きないよ」

「生きるよ。むしろ今、約束して。俺が死んでも、生きて。何十年も先に、今よりずっと幸せになって笑って死んで」

僕らは動かなかった。でも、僕は引かない。これが僕の願いだから。

「約束なんてできないわ」

「頑固だなあ」

首を縦に振らない君に僕は、思わず笑みが零れた。

「じゃあ緋奈の最期が来る日、ちゃんと笑って終わらせてよ。だから後悔なく、笑って、幸せだったたって思う日まで死なないで」

「……わかったわ」

「本当にわかってる？」

僕は笑いながら君の頭をなでる。唇を嚙み締め、君は何度もうなずいた。

いつもとは逆の立場で、子供みたいに約束をしようとしなかった君がかわいくてたまらない。それと同時に愛されてることがわかって嬉しかった。

「あ、あともう一個」

「なに？」

大事なことを言い忘れていた。僕は君の手を取って握りしめる。

「最期まで笑っていよう」

君はその手を握り返した。

「いつ死ぬかわからないなんて、そんなことを冗談のように笑いながら話そう。そしたら明日は案外簡単にやってくるかもしれない」

「……わかった」

小指を立てて指切りをした後、君は腕の中に飛び込んできた。自分より小さな体を包み込み、これでもかというくらい強く抱きしめる。

好きだ、離したくないという言葉が口から零れそうになったけれど、飲み込んだ。

この一年で、なんの恥ずかしさもなく言えるようになった言葉は、今はもう君に伝えられない。

零れ出したその言葉たちは君の中で永遠に生き続けてしまうだろう。何十年経っても、その言葉を告げられたとき、ふいに思い出が蘇ることになる。

僕はずるい。残される君の記憶から消えることを願い、君に幸せになってほしいくせに、心のどこかで僕のことを忘れないで好きでいてほしいと思っている。

これは、きっと人間の性《さが》だ。

358/365日

残された日々を指折り数えるように、僕たちは笑いあって過ごした。残された時間なんて気づかないふりをして、当たり前のようにまた明日と言葉を繰り返す。

冬の寒さはどこかに消えて、世界はまた、満開の桜に埋め尽くされていた。

「綺麗ね」

僕らが出会った公園で、君は花びらが舞う空に手を伸ばしている。

「そうだね」

君が綺麗だと言うのなら、それはとても美しいのだろう。君の瞳に映る世界は、鮮やかに決まっているのだから。

もう、ほとんど色のない世界は、思ったよりも寂しくはなかった。僕の目の前で笑う君の一瞬一瞬の表情が、白黒の写真のように頭にこびりつく。霞んで見える淡い水色のシャツワンピースが風になびいている。これはおそらくあと数日で視界から消えてしまう、僕の最後の色だろう。

色なんてわからなくても、どうしようもなく今、この風景に目を奪われる。きっと、君とふたりで見る二度目の桜だからだ。

初めましてのときと同じように、君はブランコに腰かけ、僕は笑いながらうしろに飛び乗った。

「漕ぎまーす」

「はーい」

クスクスと君の笑い声が下から聞こえる。

「お嬢さん、どの高さまで行きますか？」

「そうですね、空に手が届くまで」

「それはもう、飛行機に乗ってくださいよ」

「頑張ってくださいよ、お兄さん」

「生意気だなあ」

僕は両足に力を入れて漕ぎはじめる。加速していくブランコから見えるのは、空と桜と君のなびく髪だ。

「あはは、高い高い」

「これ、すごい疲れるんだけど」

「頑張ってください」

楽しそうな君は僕を見上げる。よく晴れた麗らかな日和は穏やかに過ぎていった。

春休み真っ只中の午前中、自室の机の前に座って僕が取り出したのは一冊のノートだった。汚れたこのノートには、僕らの記憶が詰まっている。ペンを走らせ、想うのは君のことばかりだ。

「長いって怒られるかも」

ひとりで笑い、ノートを閉じてしばらく目を瞑った。

大切な約束をするために、今日、僕は君に会わないである場所に出かける。

きっと納得はしてくれないだろうけど、あいつに頼みたいことがあるのだ。

この間、君と訪れた公園のベンチに座り、空に手を伸ばして飛行機雲を追いかけてみる。

僕は妙に落ち着いていた。不安がないと言えば嘘になるし、後悔がないと言えばそれも嘘だ。けれど、心は今までにないくらいに穏やかだった。

「怒るだろうな」

呼び出した相手を思い浮かべる。思えば、すべての始まりはここにあった。僕の恋心は、この公園で芽生えたのだ。

「感慨深いな」

僕はもうすぐ、十八歳になる。十八歳になった僕と、彼は会えるのだろうか。いや、きっと会うことはないだろう。

悲しくないと言えば、それも嘘になる。僕が逃げ出して向きあうことを恐れていたとき、僕の背中を押してくれた。そして自分の気持ちを隠してでも、ずっと一緒にいてくれた。馬鹿野郎で最高に格好いい親友だ。彼以上の友人はいないだろう。

彼はどうだろうか？

まあ聞かなくても、答えなんてわかっている。その親友に、僕はふたつだけ頼み事をしたい。それは彼を一生縛ることになるかもしれないが、彼にしか頼めないことだ。

ひとつは、僕よりずっと仲の良い親友を作ること。そして、もうひとつは――。

息を吐いて祈るように両手を合わせ、上を向いたまま額にその手を置いた。

「いきなり呼び出してなんの用だよ、蒼也」

「翔」

「どうした？　俺が恋しくなっちゃった？」

「そうだな、そうかも」

ベンチに座ったまま笑う僕に、翔は一瞬目を見開いた後、すぐに険しい顔をした。

「蒼也……お前、なに隠してるんだよ」

「そうだな、はい」

僕は彼に向かってボールを投げた。受け取った彼は、また驚いた顔をする。

「ちょっと付き合ってくれない？」

彼の手には、僕らが昔、ずっと一緒に蹴っていたサッカーボール。サッカーゴールのある奥の芝生広場まで移動する。

眉間にしわを寄せ、ボールを蹴っているそいつは、いつの間にか僕より大きくなっていて、人気者でエースになっていた。あの頃の小さくて気の弱い彼はどこにもいないのに、今、僕の目には昔の彼が映っている。

きっとそれは、変わることのない根本的な部分が残っているからだと思う。

いつだってこいつは、本当に聞きたいことは口に出さない。今だって聞けばいいのに、僕にボールをパスして言葉を待っている。

「さすがエース様。うまいじゃん」

「よく言うよ。ずっとボールに触ってなかったくせに、お前は昔のままだ」

僕らの視線は、足もとを行き来するサッカーボールに向けられていた。

「俺にシュートを教えたのは蒼也だ。どうすればうまく立ち回れるかも、戦術も、全部お前から教えてもらった」

「俺だけじゃないよ」

「お前だよ。ずっとお前とピッチを駆けていたくて、追いかけているうちに学んだ、すべてだ」

「じゃあ、俺は師匠か」

「そうだよ。辿り着く前に消えた、ずっと、届くことのない背中だ」

僕のうしろ、ゴールに向かって思いきり蹴り飛ばされたボールに、僕の足は追いつかなかった。

「越えたじゃん」

「……こんなんで越えても、意味がねぇんだよ」

ネットから落ち、何度かバウンドして地面に着いたボールに僕らは目もくれない。目が合って彼がなにを言おうとしたのかがわかってしまった。そろそろ伝えなくてはいけない。

「なにか隠してんのは、ずっと前から気づいてるんだよ。お前が言いたくないなら無理に聞くことはないと思ってた。だけど、わざわざサッカーするためにこんなところに呼び出したわけじゃないだろ……言え」

生きてきた中で、こんなにも不機嫌そうな翔の顔を僕は見たことがなかった。そして、その顔を今から僕が歪ませることになる。

「俺、死ぬんだ」

「……は？」

風が吹いて、桜の花びらが舞い踊る。

「なに冗談言ってるんだよ」

引き攣った笑みで、信じられるかと言わんばかりの眼差しを寄こしてくる翔。

「本当だよ。正直言わないつもりだったんだ。これを知るのは緋奈だけでいいと思ってたから。だけど、伝えなきゃって思って。俺はお前にちゃんと向きあって、頼み事をして死にたいから」

「おい、ふざけんなよ」

「翔。俺さ……無彩病なんだ。一年前の、四月六日に告知された」

口から出た声は震えていた。

君に出逢って恋に落ちてから、僕はたくさんのことに気づかされた。自分の愚かさや世界の広さ、人間がもしもの可能性に縋る欲望にも。

だからわかっているんだよ、翔。お前が緋奈を好きなのに、どうしてそれを言葉にしなかったのか。目で追うくらい、切なく笑うくらい好きになったのに、なぜ言わなかったのか。その理由にはもうとっくに気づいているんだ。

それは、翔が誰よりも優しかったからだ。自分がまた、僕から大切なものを奪うのを恐れたんだ。僕が彼と向きあうのを恐れたのと同じように、彼もまた恐れた。

でも、最後だから言わなくちゃいけない。

僕らの間に、風が吹き抜ける。

「は?」

ほら、やっぱり歪んだ。予想どおりの顔をこれ以上見たくなくて、僕は目を閉じた。

「嘘だ」

「本当だよ」

「信じられるわけねえだろ」

「本当だよ。現に俺は、お前が着ているその服の色さえわからないんだから」

息を呑む音が聞こえた。僕が目を開けると、温かな風が髪を乱す。

「なんで……」

しばしの静寂の後、下を向いていた彼が言葉を紡いだ。

「なんで、今、言うんだよ」

ああ、こいつ泣いてるな。僕はそう思った。昔からそうだ、彼はすぐ泣くし、決まって最初は下を向く。そんなくせまでわかるくらいに、僕らは近くにいたのだ。

「なんで、もっと、もっと早く言わなかったんだよ」

「言いたくなかった。いや、言うつもりはなかったんだよ、俺が死ぬまで。当たり前のようにまた明日って言いあえるような、そんな日常を過ごしたかったから」

「じゃあ!!　なんで今言ったんだよ!!」

上げられた顔は涙でぐしゃぐしゃで、僕の眉尻が下がった気がした。

「ずっと逃げてきた。お前と向きあうのが怖くて逃げてきたんだよ。だけど、向きあわなきゃって思ったんだ、これが最後だから」

すっと息を吸い込み、一気に伝える。

「親友としてライバルとして、緋奈を愛するひとりの男として。俺の最期の願いを、翔が叶えてくれ」

「やめろ」

頭を下げた僕の頭上から、翔が拒絶する声が聞こえる。

「立波のことなんか好きじゃない」

「そんなわかりきった嘘つくなよ」

顔を上げて僕は笑う。目の前の彼は必死に唇を噛み締めている。

「立波は蒼也が幸せにするんだ、異論は認めない」

「お前、俺が言おうとしてることにもう気づいてるだろ」

「嫌だ」

「なんでだよ」

「だってそれを認めたら、蒼也は俺の前から消えて、もう二度と現れないだろ」

面食らった。正直、そんなことを言われるとは思いもしなかった。

「認めても認めなくても、俺はもう二度とお前の前には現れることはできないよ」

「なんで、なんでだよ。なんで俺にそんなこと言うんだよ。ほかにもたくさんいるじゃん。なんで俺なわけ」

僕の脳裏に思い出がよみがえる。文化祭準備日に初めて見せた親友の横顔が、頭の中にはっきりと浮かぶ。

「横顔が」

「……は？」

「……文化祭の準備日、ドレスを着た緋奈を見つめるお前の横顔。初めて見たんだ。長い付き合いの中で初めて、お前が恋してる顔を見た。そのときようやく気づいたんだ、翔も同じ気持ちだったんだって」

あの日、彼が見せた恋い焦がれた視線。僕が君を見つめるのと同じように君を見つめていた彼の瞳。焼けるくらいに熱く、涙が出そうになるくらいに切ないものだった。

「たぶん俺が好きになるずっと前から、お前は緋奈のこと好きだったんだよな。じゃなきゃいくら有名だからって、特進科の女子の名前なんて憶えてるわけがないんだから」

新学期のはじめの日、口に出されたその名前を呼ぶ声に、どんな想いが詰まっていたのかはわからない。今になってわかるのはその声には期待と想いが込められていたことだ。

「いつだって言うことはできたはずだ。俺の知ってる翔は人気者でみんなから好かれるけど本当はかなりのヘタレで、でも大切なことはちゃんと口に出して言う、そんなやつだ。だけど言わなかった。理由は簡単、俺に遠慮したからだろ」

彼の肩が一瞬、震える。

「また俺からなにか奪ってしまうかもしれない、って思った。だから言わなかった」

中学二年生だった頃の帰り道、ふたりでボールを蹴り、くだらない会話をしながら歩いていた。と、翔が蹴ったボールが車道に出てしまい、拾いにいった翔がトラックに轢かれそうになったところを庇って、僕が轢かれた。

幸いにも命は助かったけれど、そのときの怪我で僕はサッカーを辞めざるを得なかった。ふたりでやっていたのだからどっちのせいでもあるのに、こいつはそのことをずっと自分のせいだと思っている。翔は僕からサッカーを奪ったことをずっと後悔していた。

「蒼也、俺……」

「ばーか」

「は？」

翔の素っ頓狂な声が響き渡る。まるで僕がなにを言ったのか理解できていないみたいだ。

「馬鹿って言ったんだよ馬鹿。お前学習面でも馬鹿だけど、いやもうなんていうか相対的に馬鹿、取り返しのつかない馬鹿」

「言い過ぎだわ！」

声を張り上げる彼にかまわず、僕は言葉を続ける。僕はもうこの世界にはいられないから、翔の後悔が少しでも軽くなればいいと思った。

「仮にお前が俺に言ったとしても、奪えるとか思ったわけ？　緋奈はお前に見向きもしてなかったのに？　いやあたいそうな自信だなあ」

「お前な……」

ようやくいつもの調子を取り戻してきた彼に笑いながら、僕はボールを勢いよく蹴った。

「これが最後だ」

右足で受け止めた白黒の薄汚れたボールを拾い、親友が大切そうに抱える。

「俺が死んだ後、緋奈を幸せにしてあげて」

彼はなにも言わなかった。まるで目に焼きつけるように、ただ黙って僕を見つめている。

「きっとさ、泣かないんだあいつ。強がって笑うから。わかってたことだわって言いながら笑うからさ。隣にいて一緒にでもいいから、泣かせてやってくれないかな」

残された世界で君が泣かないことなんて、僕には簡単に想像がついてしまう。強がりな君は、きっと誰かの前では泣けないのだ。ひとりどこかで隠れて泣いて、悲しみを共有しようとしない、そんな人だ。胸に愛しさが込み上げてくる。

「それでたくさん笑わせて。俺が笑わせた数よりもずっとたくさん。数えきれないくらい笑いながら、ふたりには幸せに生きてほしい。これが俺の願い。翔にしか託せないんだ」

長い、長い沈黙が流れた。けれど、彼の声で静寂は終わりを告げる。

「俺が奪うぞ」

「うん」

「いいんだな」

「うん」

「今すぐにでも奪うぞ」

「ああ、それは無理かな。俺、春休み中ずっと緋奈といるから」

本当はほかの誰かと幸せになってほしくないし、自分が幸せにしたい。けれど、その願いが叶わないことはわかっている。死に抵抗し続けているが、この体はいつまでもつかわからない。

「余裕なふりすんなよ」

「うん」

余裕そうに見えるなら、よかったと思う。明日もまた会えるように見えるだろう。

「本音は……本当はどう思ってるんだよ」

「お前のお察しのとおりだよ、だけど、今はスッキリしてる」

「そうか」

「うん」

嫌に決まってる。君を誰かに託すのも、幸せにできないのも。けれど、託すなら、翔でなくては駄目だと思った。

「じゃあもうさっさと帰れ。絶対、振り返るな」

「うん」

僕は背を向けて歩き出し、少しずつ親友から遠ざかっていく。これで本当におしまいだ。

「絶対、泣かせるから」

うしろから聞こえる翔の声に、振り向かずに返事をする。

「……おう」

「それ以上に笑わせるから」

「……ああ」

「お前より好きだって言わせるから!!」

「……ありがとうな」

僕の視界は涙で霞んでいく。


「好きだ」

『好きだ好きだ好きだ』何度も口にして書き殴った。この想いはもう愛に変わっている。

『愛してる愛してる愛してる』紡ぐほどに切なくなる気持ちに果てはない。もう何度だって書いた、君へ残す愛の言葉だった。

思えば僕は、君に愛してるだなんて言えたことがない。心では思っていても、口に出してはこなかった。君のどんなところがどのように好きで、どんな風に想っているか。幼馴染が読んでいた少女漫画に出てくるような甘い台詞は、言えた例しがない。

これでも頑張ってベストは尽くしてきて、僕なりに想いは伝えてきたつもりだった。それなのに、自室でひとり、ノートを前にペンを持つと僕はどうやら少し饒舌になるようだ。

平行に並んだノートの罫線の間は、これでもかと言わんばかりの文字で埋まっていく。勉強を一緒にするたび、何度も綺麗に書こうとしては諦めた僕の少しいびつな文字を見て、君はいつも目尻を下げていた。馬鹿にしてるだろと言えば、そうじゃない、なんだか優しいのと答えたっけ。

「どこが優しいんだよ」

僕は笑いながら字を見返す。どう見ても汚い字だ。あのとき君がなにを感じたのかは、ついぞわからなかった。

机の引き出しに手を入れて、一枚のハンカチを取り出した。もう見えることのない色の花柄だ。一年近く前に、君が貸してくれたもの。いつか返そうと思っているうちに、もう後がないところまで来てしまったのだ。

「返さないとなあ」

僕らの関係は、死に抗おうと助けを求めた者と、その手を取った者。ひどく僕が君に依存する関係だった。

僕は君と一緒にいることで、死の恐怖から何度も救ってもらえたけれど、同時に自分には存在しない未来に何度も焦がれた。君を好きになればなるほど、一分一秒でも、さよならまでの時間が遅くなればいいと願った。

君は僕の唯一の理解者で、でも何度だって僕のせいで残される恐怖を味わったはずだ。手を離そうと思えばそうできたはずなのに、君はそうしなかった。

時折君が見せた震えと「大丈夫」という言葉は、最初、僕を安心させるものだと思っていた。けれど、きっと違ったのだろう。抵抗なく死を受け入れるための役割を担う言葉だったのだ。

僕は君が聖人のようでなくてよかったと思っている。だって綺麗事ばかりを並べられ絶対に治るなんて言われた日には、君を好きにならなかっただろう。

君が紡ぐ言葉が〝大丈夫〟だけでよかった。あの言葉で、僕はいつだって正気を取り戻せたんだ。

君のハンカチのせいで桜が見たくなってしまった。色づいた、綺麗な桜が。こんなこと、一年前まで思いもしなかった。全部、君のせいだ。

時計を見ると、三本の針が重なって音を立てた。

四月六日、午前零時零分。

「誕生日おめでとう、俺」

そう呟いて、ノートを閉じた。

365/365日

「おはよう」

「おはよう。蒼也、誕生日おめでとう」

「ありがとう母さん」

いつもはなかなか起きない休みの日、僕は珍しく八時台に起きた。今日の目覚めは驚くほどよくて、ベッドの上でひとつ欠神をしただけでスッキリした。

下に降りると朝ご飯の準備をしていた母がお祝いを言ってくれた。僕はそれに笑い返して、テーブルの上に並んだ朝食を眺める。

黄身が寄った目玉焼きがひとつ、ウインナーと一緒に皿に並んでいる。レタスとパプリカが入ったサラダに、ドレッシングがかかっていた。焦げ目のついたトースターに溶けかかったバターが塗られている。

当たり前になった灰色の朝食が、今日だけはおいしそうに感じた。

「おはよう」

コーヒーを片手に、ニュースを眺めていた父がこちらに声をかけてきた。いつもはあまり話さない父が珍しいと僕は驚きつつも、「おはよう」と返す。

「十八歳だな」

「そうだね」

まだほんのり温かいトーストにかぶりつく。あれ、こんなにおいしかったっけ？　僕の知っているトーストはもっと口の中がパサついたはずだ。水分が持っていかれて、なにか飲みたくなるような。

今日はなにもかもが輝いている気がした。いよいよ最期のときが近づき、全神経が研ぎ澄まされているのだろうか。

「十八になった日に、家族が家にいないのは悪かったな」

「いや全然いいよ。俺の分まで緑太の応援してきて」

家族はこれから旅行に行く。サッカーのU－15メンバーに選ばれた我が家の次男は、今日の午後から地方で試合があるため、みんなでそれを応援に行くのだ。

僕は緋奈に誕生日を祝ってもらうからと辞退した。

「そうよ、大丈夫！　なんたってあの緋奈ちゃんが来るらしいじゃない!!」

「ああ、この前挨拶に来てくれた綺麗な子か」

「そうよ、もう蒼也ったらどこであんなかわいい子捕まえたのよ」

「どこでって……学校でだけど」

今日は誕生日を祝いに君が泊まりにくる。

数日前、僕の家にやって来て挨拶をした君に両親はべた惚れで、今日家に遊びにくることも快諾してくれた。もちろん泊まることは内緒だけれど。

「蒼也にはもったいないくらいね！」

母が放ったその一言に、僕は心から納得する。僕には君が必要だけれど、僕に君はもったいないと自分でもずっと思っている。あんな女の子とは、永遠に会えない。僕の最後は君で十分すぎた。

「明日の夕方には帰ってくるから。戸締まり気をつけてね」

「はいはい」

父の腕に抱えられた妹に手を振って、玄関先まで見送る。扉が完全に閉まった後、これが最後にならないことを願った。

数十分後、インターホンが鳴り、玄関を開けると君が立っていた。手には白い箱を持っていて、小さな肩かけバッグが印象的だった。

「ちょっと早かったかしら」

「全然。今日は起きたの早かったから」

「ならよかった」

色はよくわからないが、薄手のワンピースにカーディガンを羽織った君は、もうすっかり春の装いだった。だけど、耳もとに留められたバレッタは変わらぬままだ。

「お誕生日おめでとう」

入ってすぐ、君は僕に白い箱を差し出しながら笑いかけた。

「ありがとう、なにこれプレゼント？」

「ええ、そうよ」

「緋奈、俺がいつ死ぬかわからないってこと理解したうえでプレゼントくれるの？」

「そう言うと思ったから物じゃないわ、ケーキよ」

箱を渡してきた君は得意げに鼻を鳴らした。冗談にもならないことを、僕らはようやく笑いながら言えるようになった。

『最期まで笑っていよう』

僕らが約束したことだ。いつ死ぬかわからないなんて、そんなことを冗談のように笑いながら話そう。そしたら明日は案外簡単にやってくるかもしれないと、小指を立てて交わした約束。現にそれは守られている。

「頑張って作ったの」

「え、緋奈料理できたの？」

「失礼ね。苦手だけど人間やればできるものよ。分量と手順さえまちがえなければ、後は実験みたいなものだもの」

「え、なにその言い方。怖いんだけど」

早摘みの小さな苺が飾られたところどころクリームの形がいびつなショートケーキは、不器用ながら頑張って作ってくれた君の愛があふれていた。

少し潰れたクリームがおもしろいけれど、なぜかプレートに書かれた文字だけ綺麗だった。相変わらず変なところで器用なのだ。僕の名前はよれることもなく、君の丁寧な字で形作られていた。

「冷蔵庫に入れときましょう、開けても平気かしら？」

「ああ、うんどうぞ」

「蒼也くん、今日はどこに行きたいとかある？　泊まること以外決めてないから、なにかあったら聞くわ」

冷蔵庫にケーキを入れながら、振り向くことなく君が尋ねる。

「べつにないな。緋奈はある？」

「今日は蒼也くんの誕生日でしょう？　私の意見は聞かなくていいわ」

「えー、俺とくにやりたいこととかないんだけど」

ソファに座り悩む僕の肩に、君はうしろから手を回してきた。

「……本当にないの？」

僕はその手を包み込んで、考える。

「しいて言うならつい数日前も行ったけど、水縹公園で桜を見るとか？」

「いいわね、それ。お花見って感じで」

「あ、夜ご飯はせっかくケーキ作ってきてくれたから、家で食べたいかな」

「なに作る？」

「え、緋奈が作るの？　大丈夫？」

「どういう意味かしら」

回されていた腕が、僕の首を絞めてくる。

「すみません」

「わかればいいわ」

今度は緩まった手で、僕の両頬をつねる。

「食べたいものねえ……緋奈が作れるものは？」

「……オムライスなら」

「じゃあ、今日はオムライスにしよう。昼は弁当でも作って公園で食べよう。それがいいや」

「もっと、こう、欲深くなってもいいと思うのだけど」

「……もう十分叶えてもらったから」

首をひねり、上から覗き込んでくる君と唇を重ねた。流れる黒髪が綺麗で、色素の薄い瞳が僕を映して微笑むから、もう一度ゆっくりとキスをする。

伏せた睫毛が顔に当たってくすぐったかった。

一緒にお弁当を準備して向かった公園は思いのほか人が少なくて、小さな子供と母親が二組、ベンチに座り話をしているだけだった。僕らは桜の木の下にシートを敷いて、木陰に腰を下ろす。春の温かな日差しが木漏れ日となって降り注いだ。

僕は目を細めて世界を見た。灰色の世界の中で、今、君とここにいることだけが僕を救ってくれる。

「暖かいわね」

「もう大分散ったかな」

「そうね。でも今年は桜流しは見られなかったわ」

「好きなの？」

「ええ。悲しい気持ちになるけど、なんだか切なくて私は好き」

「そっか」

八年前、君が教えてくれた言葉に酷く懐かしさを感じた。

「散っててほしかった？」

「どうかしら……全部散ってしまうと、それはそれで悲しいじゃない？」

「まあたしかにね」

「そしたら終わりだから。今はまだ見たくない」

　桜が散るのと同じくらいに僕の命は散るだろう。それは呆気なく、いとも簡単に。

　君はバスケットを開けて食事の準備をしている。ふたりで作った不格好なサンドイッチを笑いながら食べ進める。あっという間になくなってしまったバスケットの中身に、ひとひらの花びらが落ちていく。その薄桃色が、一瞬見えた気がした。

「え……」

「どうかしたの？」

　驚いて目を擦れば、そこには灰色の世界が広がっていた。

「見まちがいかも」

「なんの？」

「今、バスケットの中に落ちた桜の花びらの色が一瞬、見えた気がした」

　ありえないと首を横に振る僕に、君は考え込む姿を見せる。

「父から聞いたんだけど」

「なに？」

「無彩病患者の失った色が、死の直前戻るってことがあったらしくて。でも、それは稀なことみたい」

「え？　なんでなんだろう」

「残念ながら。それがわかってたらこの病気は治ってるわ」

「ですよねー」

僕は息をついた。

「緋奈先生としての考えは？」

「そうね……。最後の最期、神様が願いを叶えてくれるのかも」

「……その仮説、いいね」

「でしょう？　科学者的には零点の答えだけど」

「俺はそっちの方が好きかな」

一瞬見えたあの色に、ひどく懐かしさを感じた。あれは幻想ではなく、僕の終わりへの最後通告だったのかもしれない。それに妙に納得して目を閉じる。あれほど感じていた恐怖は、不思議ともうなくなっていた。

花見を満喫して自宅に戻り、部屋でいろいろな話をしていたらすぐ夜になった。

僕の不安は的中し、君がオムライスの卵を丸焦げにしたおかげで、色の見えない僕でもわかるくらい真っ黒になっていた。

作ってもらったから食べたけれど、お世辞にもおいしいとは言えなかった。でも、完璧に作り上げていたら君の抜けたところが見られなかったから、それでいいかなと思った。

その後食べたよれたケーキは思いのほかおいしくて、君が得意げに胸を張るものだから、僕はおかしくて笑った。

　あっという間に過ぎた時間に驚きつつも、僕は湯舟に浸かった。口もとまで沈んでぶくぶくと泡を立てるものの、この後に君が入ることを思い出して急いで顔を上げる。

　湯舟から上がりバスタオルで乱雑に体を拭く。滴る水に少し身震いをした。そうだ、春と言えども夜は冷えるのだ。いつ死ぬかわからないのだから、最期の日に風邪なんて引いたらたまったものではない。

　僕は急いでジャージを手に取り、着替える。君が待っているだろうと脱衣所を出た。

「ごめん、先入って」

　リビングのソファの背もたれから頭がひとつ、ぴょこんと出ている。スマートフォンの画面を覗き込んで目を離さない君に近づいて、頭の上に手を置く。君は跳ね上がって振り返る。

「驚いたわ」

「悪い、気づいてなかったから。誰かから連絡でも来たの？」

　握りしめた端末の画面はとっくに真っ暗になっていて、僕は不思議に思いながら問いかければ君は何度か唸った後に、妹からと答えた。

「ああ、中三の」

「そう」

「なんかそんなに仲良くないとか言ってなかったっけ」

「そうね。……そうだったんだけどね」

君は真っ暗になった画面を見つめながら笑う。

「きっと人間って切羽詰まると本性が出るのね」

「は？」

「後悔したくないから」

なにを言いたいのかわからず、首を傾げる僕に君はなんでもないと答えた。

「お風呂、私長いのだけれど、大丈夫かしら」

「もちろん。髪だって乾かしたいだろ？　ゆっくりでいいよ、あ、ドライヤーなら洗面台の二段目の棚に入ってるから」

「ありがとう、あと気づいてると思うけど、着替えを持ってきてないわ」

「……下着は？」

「それはさすがにあるわよ」

「……ちょっと待ってて」

はーいと弾んだ声で返事をする君に、僕は思わずため息をついた。なるほど、どうりで荷物が少ないと思ったわけだ。

階段を上って自室のドアを開け、着替えを一式取り、今度は階段を駆けおりる。

「……はい」

「ありがとう」

「俺、部屋で待ってるわ」

「わかったわ、上に行くときに下の電気は消した方がいい？」

「ああ、よろしく」

「了解」

小さく敬礼をして風呂場に駆けていく君を見送ってから、僕は部屋に戻る。

再び自室のドアを開けて、ものの少なくなった部屋を見つめる。数時間前から降り出した雨が、窓の外で小さな雨音を鳴らしている。

いつからだろう、部屋にものを置かなくなったのは。いつの間にか、少しずつものを減らしていった部屋には、もう必要最低限のものしか存在していなかった。

椅子に座って机の上に広げた数冊のノートを見つめる。右隣にある出窓のガラスには雨粒が張りついていた。

「今夜、桜は散るだろうな」

窓を見つめるでもなく、僕はそう呟いた。

僕が生きた証を、君に届けたい言葉を書こう。ノートを開いてページをめくる。ペンをすらすらと走らせて、今日の出来事を無心に書き記した。

やがて階段を上ってくる音が聞こえたため、ノートを閉じる。まだ見せたくはなかった。

「ごめんなさい、お待たせ」

君が部屋に入ってきて、時計を見ると針は午後十時四十分を指していた。

「仕様が家とちがうから、ちょっと悪戦苦闘したわ」

「呼んでくれればよかったのに」

「お風呂場に？」

「あーそっか。たしかに」

ぶかぶかのスウェットを着た君が、窓際に立つ。

「雨やまないね」

「そうだね」

「桜流しだ」

「言うと思った」

笑いながら振り向いた君の姿に、僕の心はまた奪われる。

「私長く入り過ぎたわ、ごめんなさい」

「いいよ大丈夫。ほかに誰もいないんだし」

「そうかしら？」

「うん。それに女子ってだいたい風呂出るの遅いだろ？　里香も昔からすごい遅かったな。

髪が長いわけでもないのに」

「里香ちゃんに失礼ね」

「いいんだよ。俺らはいつもこんな感じだから」

「ところでこのノートなに？」

机の上を指さした君がノートに触れようとしたので、僕は慌ててその手を摑む。

「まだ見ないで」

「いつ見ていいの？」

「俺が死んだ日にでも」

君の手がゆっくりと落ちていく。そして僕の手を握り、指を絡ませた。

「先が長いことを祈るわ」

「そうしてほしい」

「中身はなに？　ラブレター？」

「かもね」

繋いだ手を引き、ふたりでベッドに腰かける。

「なにする？」

「とりあえず、改めて緋奈に伝えたいことがあるかな」

「なに？」

向きあった僕は、彼女の瞳を見つめる。

「今までありがとう」

「唐突ね」

「いつだって思ってたよ。でも、真剣に言葉にするのが初めてだっただけだ」

「そう」

君はなにも言わない。沈黙が続く。いったいどれくらい経っただろうか、僕はもう一度、君を見つめて言葉を返す。

「伝えたいことは手遅れになる前に伝えるって、この一年で教えられた」

「そうね」

「緋奈のおかげかな」

「じゃあ、感謝して」

手を広げ甘えた声を出しハグを強要する君に苦笑しながらも、腕の中に飛び込んでベッドにふたりでなだれ込んだ。耳もとから笑い声が聞こえてきたから、上から体重を乗せる。ギブアップと聞こえて背中に回されていた君の手が僕を叩く。隣に倒れ込んだ僕は片手でかけ布団をかけた。

君の手が僕の髪に触れる。指先で梳かすから、僕も君の髪に触れて真似る。君はくすぐったそうにした後、僕の頬に手を添えた。

「そんなに髪の毛好き？」

「好きよ。蒼也くんの髪の毛、綺麗じゃない」

「自分ではわかんないよ」

君は僕の頰をつまんで遊びはじめる。痛くないから、されるがままにした。

「明後日から新学期ね」

「同じクラスになれるといいな」

「隣の席がいいわ」

「緋奈あれやってよ、初めましてって」

「三回目の初めまして？」

一年前、新学期が始まった教室で、君が僕に二回目の初めましてをしたときをいまだに鮮明に思い出せる。あの頃見えていた色は見えなくなってしまったけれど、記憶の中で君だけは変わらず輝いていた。

「そうだ、夏は海行こう」

「泳げないって言ってるじゃない」

「じゃあ、プール」

「突然どうしたの？」

「やっぱり行けばよかったってちょっと後悔してるから」

夏は結局、海にもプールにも行かなかった。暑かったから外に出たくなかったし、お互いそれで納得したけれど、過ぎ去ってから少しだけ後悔している。

「ほかは？」

「そうだな……。あ、コンビニのおでん食べてない」

「唐突ね」

「冬にコンビニのおでんって一回は食べたくなるだろ？」

「コンビニのおでん食べたことない」

「正気か？」

僕は大げさに驚いて見せる。君は頬に添えていた手で僕をつねった。

「正気よ」

「ごめんって、冗談」

その手を解き、自分の手に重ねる。

「寒空の下で、帰り道にあったかいもの食べるのいいよ。今年の冬やろうよ」

「……約束よ？」

「……うん。約束」

できもしない未来の話をして、瞼を閉じた君の額にキスを落とす。きつく抱きしめて僕も目を閉じた。

「おやすみ」

「おやすみなさい」

「緋奈」

「なあに？」

「好きだよ」

　知ってるよと小さな声が聞こえて睡魔が襲ってくる。やがて僕の腕の中から寝息が聞こえて、規則的な心臓の音に安心し、僕も睡魔に身をゆだねた。

　ふと目が覚めた。今は何時だろうか。部屋は真っ暗だった。ぐっすり眠っていたはずなのに、なにかに起こされたような気がした。腕の中の君は変わらずに眠っていて、肩を上下させている。起こさないようにそっとベッドから抜け出した。

　窓の外を覗くと、いつの間にか雨はやんでいて空は澄んでいた。すぐそこに桜が舞っている。窓を開け花びらを掴んだ。

　──その瞬間だった。

「え……」

　春風とともに視界がさあっと色づいた。紺色の空には雲ひとつなく星が光り、青白い月明かりが部屋を優しく包み込んでいる。ベランダの柵には桜色の花びらが散っていて、墨色のアスファルトにはほんのり浮かぶようなピンク色の絨毯ができていた。

温かな風が桜の花びらとともに部屋に入り込み、机の上にあるライトブルーのノートをめくる。足もとにも点々と桜色が落ちている。

それは、君と出逢う前よりもずっと美しい世界だった。

「桜流しだ」

僕は驚きながらも、なんだか納得してしまった。摑んだ花びらを一枚、ノートの上に載せる。そして、君を見た。

「寝るときまで着けるなよ」

耳もとで存在感を放つ深紅のバレッタに、僕は思わず笑ってしまった。思ったとおり、君の白い肌と黒い髪によく似合っている。引き出しから借りていた桜色のハンカチを取り出し、ノートと一緒に机の上に置く。

ポトリ。もう一度、風が吹いた後に床を見れば、窓から入ってきたのか小さな桜の花が一輪落ちている。

それを摑んで窓を閉め、君のいるベッドまで歩いて、もといた場所に戻り、そっとバレッタを取って代わりに桜の花を挿した。

「……やっぱり君の色だよ、緋奈」

緋色よりも君を美しく彩る、世界中の誰よりも君に似合う色だ。真っ黒な長い髪に、真っ白な白い肌、長い睫毛にほんのりと色づく頬。淡い桜色はどこか儚さがあった。

「桜は、緋奈の色だ」

僕は笑って君の手を握る。寝ているはずなのに少し微笑んでその手を握り返した君が、色を取り戻した視界には眩しかった。

この色づいた景色はさよならの時間が目の前に迫っていることを表している。眠ってしまえば次はないことも、頭のどこかで気づいてしまっていた。

今まで死に抵抗してきたが、未来を生きることだけは叶わなかった。それでも、君と出逢ってからの僕の人生は世界中の誰よりもきっと幸せだった。当たり前にくる日常が大切だと、君が教えてくれたのだ。

「出逢ってくれてありがとう。愛してるよ」

君の横に寝そべり、その桜色の唇にキスをして僕は穏やかな気持ちで目を閉じた。

エピローグ

――ずっと、嘘をついていた。

四月六日
始業式。君と会う。隣の席だった。大好きだった、君に似合うあの色はもう見えない。

四月七日
君と付き合うことになった。
手紙は偶然だったけれど、タイミングがよかった。初めてのキスに心臓が飛び出そうだったことは、自分だけの秘密だ。

四月十四日
付き合って一週間。坂道を走って追いつかれ、一緒に並んで帰った。君が手に持ったハンカチは桜色だった。なんだか申し訳なくなった。

五月六日

付き合って一か月が経った。君の表情は浮かないままで。家族に言うか言わないか迷っているって聞いて、きっとどっちも正解で不正解だと言った。

私は言いたくない。ばれてしまったなら、もうどうしようもないけれど、君には一生言うつもりはない。

五月十五日
幼馴染の女の子に呼び出される。呼び出しなんて初めてだったし頬を叩かれたのも初めてだった。彼女は君が好きで好きで堪らなかったらしい。私と一緒。

けれど、私がその立ち位置を奪った。でも、私だってずっと好きだった。

君は忘れているし、言う気もないけれど、想いの強さは彼女とたいして変わらないと思う。

君が助けにきてくれた。強がったけど、本当は怖かった。まるでヒーローみたいで格好よかった。

好きだって言われて嬉しかった。

もしかしたら彼女の前で嘘をついただけなのかもしれないけれど、その一言だけで気分がよくなる私は単純だ。

六月三日
君の視界から赤が消えはじめた。私の視界からも同じように。最後に見える色がお互いに水縹色なんてひどい偶然だ。運命的？　運命って言葉で片付けたくはない。
死は着実に歩みを進めている。

七月二日
期末テスト。色彩テスト以外は完璧。赤系統が全然見えなかった。どうせ、結果は父に行くだけだからかまわないはずだったけれど、怖くなった。君はとても辛そうだった。

大丈夫だよと繰り返した。大丈夫ってなにが大丈夫なんだろう。私も一緒だから大丈夫だって言いたいの？

嘘だ。だって、怖い。本当は大丈夫だなんて思ってない。わかっていたはずの現実が突然やってきて、怖くなって君の背中に手を回した。

そうじゃないとここから消えてしまいそうで。大丈夫なんて言葉でごまかして、自分自身を洗脳している。

けれど、これで君の心を救うのなら、私は何度でも大丈夫と言い聞かせよう。隣にいて笑っていよう。死の影すら見えないように。

七月七日
夕立に降られた。赤系統が一切見えなくなった。少しずつ焦りが現れた。無彩病は進行していて、着実に死に向かって歩いている。
私が父のような研究者であったなら、君を救えたのかもしれない。けれど、私が医者になるまでこの病は待ってくれない。その頃にはもう君も私もこの世界からいなくなっている。

七月十二日
明日は花火大会。母と一緒に浴衣を選びにいった。一回しか使うあてがないのにごめんなさいと言ったら、泣きそうな顔でいいのよと言われた。
甘やかされていると思いながらも、今はそれを受け入れた。選んだのは紺地に青い花が咲いている柄で静かな感じ。もっと綺麗なのもあるよと言われたけど、私はこっちがいい。君の瞳に映る私は、最後まで美しいままでいたいから。

七月十三日
君に告白されて、キスされた。本当に好きだって。あんな風に始めたのに本物になってしまった。楽しかった。本当に幸せだった。夏の夜が見せた夢かと思った。

でもちがう。これは現実。だって夢だったら、空に咲いた花火は全部見えたはずだもの。実際はグラデーションがかかった灰色に見えた。きっと君の瞳にも同じように映ったのだろう。

どうして、あと少ししか一緒にいられないのだろう。どうして、私たちには未来がないのだろう。どうして、死なんてものがあるのだろう。

終わりなんていつ来てもいいと思っていたのに、今は来ないでほしいと願うばかりで、怖くないと強がって嘘をつくことしかできない。

八月二日

嘘が下手くそだ。そう言えば君はやっぱりそう思う？　だって。正直な人だ。そういうところが好き。自分とちがって隠し事が下手くそなところ。

夏休みは出かける約束をした。暑いところは嫌だし、私は泳げないから夏らしい場所には行かないけれど、君と一緒ならどこでもいいかなと思った。

だって、きっとどこに行っても楽しいし幸せだ。

九月一日

新学期。文化祭の役決めでまさかのシンデレラ役になった。目立つの嫌いなんだけどな、王子は矢田くんかなと思ってたら君が手を挙げて、嬉しくてつい笑ってしまった。
すごく不機嫌そうな顔だったけど、そんな表情あまり見ないからちょっとレアだなと思った。

十月四日
里香ちゃんと文化祭を回った。楽しかった。途中で君を見かけて赤色が見えず悩んでたから思わず声をかけたけど、私も見えていなかった。里香ちゃんに助けられてひと安心。
劇は予定どおり終わったけれど、舞台の袖から最後まで見ていた君の顔を見て、いても立ってもいられなくなった。
ちがう、ちがうの。ほしかったのはこんな結末じゃない。君と結ばれない結末なんてほしくない。ロミオとジュリエットみたいって、本当にそのとおり。だってあのふたりは最後に死ぬでしょ。私たちも同じ。どれだけ想っていても、死を追い越すことはできない。ドレスのまま踊ったけれど、やりきれない気持ちだった。

十一月二十日
十七歳の誕生日。いろいろあった。
水族館に連れていってもらってすごく楽しかったけれど、父に遭遇して君の病気を知ってたことをばらされた。最悪だったけれど君は許してくれて、八年前、水縹公園で会ったことを思い出してくれた。

死にたくないって言う君。私も死にたくない、未来を君と生きたい。でも、君を置いていかないよ。だって私も死ぬから。もう色がほとんど見えなくなってきてるの。だから大丈夫。君を置いて未来に行かない、行けないいんだよ。

もらったプレゼントは濃い灰色で、たぶん深紅だろうと予想がついた。見えなくなってから避けるようになったのに、君は私にその色が似合ってると言う。

ああ、言ってしまいたい。でも言えない、言わない。

見えないのに嘘をついた。でも、嬉しかったの。

十二月二十四日
クリスマスにもらったシルバーのネックレスはちょっと高そうで、きっと死ぬから貯金なんてどうでもいいと思ってるんだろうなとわかった。

私もなにかものをあげようとしたけど、残ってしまうから嫌がるだろうなと思って悩んだ。結局、君の首もとが寒そうだったことを思い出してマフラーをあげた。

それとクリスマスケーキも買っていった。

君は喜んでいた。この選択でよかったんだと思う。

三月二十五日
終業式。君も私もこれが学校に来る最後になるかもしれない。クラス写真は笑顔で写った。君は情けない顔だったけど、それも君らしいのかもしれない。
最期まで笑っていようと君と約束した。さよならの言葉を受け入れたくなかった。死に抵抗していたはずの君は、私と同じようにひそかに死の準備を始めていた。
別れ際、手を振る度にこれが最後かもしれないと思ってしまう。嫌だ。まだ、君の隣で笑っていたい。

三月三十日
水縹公園は桜で埋め尽くされていた。真っ白だったけれど、きっと綺麗なんだ。八年前に君と会った場所の桜。あの日の記憶が、思い出せもしない色を美しいと錯覚させる。
ほとんど毎日会っていて、明日だけは会えないみたいだから、私もいろいろと準備をしようと思う。君の家で誕生日を祝うときは、このノートは書けないかもしれない。

四月六日
お風呂から上がった。君は部屋で待っているからそのうちに書いてしまおう。もしかしたら、これが最後かもしれないから。

ケーキは思いのほか上手にできた。オムライスは焦がした。君は苦笑しながら全部食べてくれたけれど、大丈夫だったかな。

時折、チラチラと色が見える。お昼に君が言っていたことが、私の身にも起きている。もうすぐでさよならかもしれない。君より先に死なないことを願うばかりだ。

私は上手に隠せただろうか。君は気づかないままでいるだろうか。答えはわからないまま、死ぬことになるんだろう。


家族へ。

お父さん、私が無彩病だと診断結果が出たときに言った言葉を憶えていますか?

――私はそのうち、空の色がわからなくなる。木々の色も花の色も。愛する人が照れ笑いをした、赤く染まった頰さえ見えなくなる。だから、最期まで愛する人が見る世界を隣で見ていたい。世界がモノクロームに支配されるその日まで。

そう言って、クラス変更届を机に叩き付けました。まさか、私がそんなことをすると思っていなかったお父さんは驚いていたね。

でも、これが私のわがままだと言ったら、お父さんは普通科に行くのを許してくれた。なにも聞かず、愛する人が誰かすら聞かなかったね。

ただ、あの日お父さんが目頭を押さえていたことが、今でも忘れられません。はじめて、お父さんが泣くところを見ました。あれは、私がやりたいことを口に出した嬉しさからなのか、現実を覚悟したからなのか……。そのどちらでもあったのでしょう。お父さんが了承してくれなければど、最初で最後のわがままを聞いてくれてありがとう。お父さんが了承してくれなかったら、私は蒼也くんとこんな風に過ごせなかった。

私はお父さんの後を継いで誰かの命を助けたかった。でも、自分が無彩病になるとは思わなかったの。お父さんが治すために研究していたのに、治療薬ができる前に死んでごめんなさい。娘を治せなかったこと、一生後悔させてしまうかもしれない。

お母さんも、妹も。どうか、幸せに。私は残される痛みがわからないけど、先に死んでごめんなさい。十七年間、ありがとう。

里香ちゃんと矢田くん。

里香ちゃんは苦手な勉強を頑張ってください。それから、私はもっと正々堂々とあなたに向きあえばよかったと思っています。ごめんね。生きて大人になって、幸せになってください。仲良くしてくれてありがとう。

矢田くんも、勉強してね。先があるんだから、きっといつかは役に立つよ。いつもおもしろくて、みんなを楽しませてくれてありがとう。蒼也くんの親友だってことは私も好きになると思っていましたが、本当に素敵な人だと思いました。どうか、幸せに。

最後に、蒼也くん。

この日記を、君が目にすることはないでしょう。だって私が最期まで隠し通すから。だから、これは独り言だと思ってください。

もし、なにかの手ちがいで目に入ってしまったのなら、どうか許してほしいです。ずっと、嘘をついていたことを。

私は無彩病でした。父の患者リストをたまたま目にした私は、君の名前の下に書かれた自分の名前も見てしまったのです。

私たちは、ほぼ同じタイミングで発症していました。だから、私の方が先に死んでしまうかもとずっと怖かった。

最初、何色が見えなくなったのかわかりませんでした。でも新学期、教室の窓から校門で矢田くんと話している君を見て気づいたのです。

私が見えなくなったのは、八年前に目に焼きついて消えなかった蒼也くんの髪色でした。太陽に透けて輝いた薄茶色の髪が、子供ながらに綺麗で羨ましかったのを憶えています。だから、見えなくなったとき、とても悲しかった。せっかく同じクラスになれたのに、もう二度と輝く髪を見られないのだと。

『あなたの髪色、綺麗ね』

そう言ったとき、実は見えていなかったの。

青の名前を持っている君と、赤の名前を持っている私。

なのに、神様は私たちから色を奪ったね。苦しかったね。しんどかったね。悲しかったね。辛かったね。

だから、一緒にいられてよかった。ひとりでは耐えられなかった。

死の足音が近づいて、さよならの時間が迫っているにもかかわらず、私たちは未来があるふりをしました。それはとても悲しかったけれど、口にしている間だけは安心できたんだよ。明日が来るって思えたんだ。

蒼也くんに出逢ってから、世界は色と輝きで満ちあふれていたことを思い出しました。

一緒に過ごした日々、行った場所、見たもの、全部憶えています。

そして感情にも色がついていることに気がつきました。誰かを想う気持ちがこんなにも美しいものだと知ったのは、君のおかげです。

君は私の生きる希望でした。未来を信じることができる、唯一の存在でした。出逢ってくれて、好きになってくれて、受け入れてくれてありがとう。私の人生に存在してくれて、ありがとう。

君が私の初恋で、最期の恋になってよかった。

君ならたぶん、怒るけど許してくれると思ってる。ずるいかな。でもそんな気がしてる。自己中でごめんね。

新藤蒼也くん。優しくて正直で、嘘がつけない人。最期まで笑っているから、どうか君も笑っていてください。死ぬことは怖いけど、君と一緒なら大丈夫。

でも、叶うなら。もう一度生まれ変わって、蒼也くんに恋をしたい。今度は嘘をつかないから。普通に会って、恋をするの。

そしたら、死なんて気にも留めない当たり前の日常を過ごして大人になって、できなかったことをたくさんしよう。

もし、ずっと一緒にいてくれるのなら、結婚して家族になる未来を想像していいかな。君に似た髪色の子が産まれたらいいな。

勝手な願望だけど、もう叶うことがないのは十分理解してる。一年という歳月は、長いようで短かった。でも、私たちに死を受け入れさせるのには十分過ぎる時間でした。

もしもの話はこれでおしまい。あとは現実だけが残ってしまうけれど、一緒なら大丈夫。君は置いていくことを心配して、私だけが未来に行ってしまうことを悲しんだけれど、大丈夫だよ。

ここで終わり。抵抗もおしまい。だから、怖くて認めたくなかったことを、最期くらい正直に言ってもいいよね。私が今世でしたい最後の願いを書いて、この日記を終わらせます。

——最期は、一緒に死のう。


午前六時、アラームの音で目が覚めた。

鞄の中に入れたまま昨夜から一度も見ることがなかったスマートフォンを、まだ寝ぼけたままの頭で捜そうと、ベッドの上に転がったまま手をブラブラと動かす。

指先に当たった固い金属の感触に、これだと思いながら持ち上げる。画面が点いて眩しい光が目に入り、思わず眉間にしわが寄った。

指をスライドさせてアラームを止め、いまだ眩しい画面を見た。着信が五件。メッセージが三件入っている。その主はもうわかっていた。

五分置きに四回、君の親友がかけてきた履歴が残っている。そして、最後に幼馴染のあの子。メッセージは父からが一件。あとは先のふたりからのものだった。

再び震えるスマートフォンに、君の親友の名前が表示される。出る気なんて端から一ミリもなくて、そのまま電源を落とした。鞄に乱暴に投げ入れてゆっくりとベッドから起き上がる。

隣には君が眠っていた。

否、眠るように生を終わらせていた。触れればもう、そこに温もりはなく、ただ冷たくなった骸が横たわっているだけだった。

それなのに、なぜこんなにも幸せそうに目を閉じているのだろうか。そういえば、死後硬直が起こらないと父が言っていた。無彩病患者の最期は美しいのだ。

こうしていれば、今すぐにでも目を覚ましてこちらに向かって笑いかけてきそうだったけれど、それがもう二度と訪れないことは重々承知している。

君の声がもう一度、この耳に届くことはない。

気づいていた。けれど、気づかないふりをしていた。さよならの時間がすぐそこに迫っていることを、見ないふりをした方が明日が訪れるかもしれないと思ったから。

ふと、自分の耳もとを触ると、そこから一輪の小さな花が落ちた。

桜の花だった。

それを指でつまんで、君の耳もとに飾る。あの日、目を奪われた髪に、この色はきっと誰よりも似合うはずだから。

「ありがとう。……ごめんね」

立ち上がりベッドから抜け出すと、床には花びらが散らばっていた。驚きつつも裸足で花びらを避けるように歩く。

机の上に並んだライトブルーのノートに、左から目を通した。くしゃくしゃになったページを何度もめくって、泣き出しそうになるのをぐっと堪え続けた。

君がなにを思っていたのか、ちゃんと知りたかった。必死に読み進め、気づけば最後のページになっていた。

埋め尽くされた愛の言葉に頰が緩む。ペンを手に取り、余白に、

『私も大好き』

と書いてみた。君に届くことはもうないけれど、形に残しておきたかった。

窓の外はいつの間にかやんでいた雨が、桜を散らしている。

「桜流しだ」

君も同じことを言ったのだろうか。確かめる術はもうない。その唇はもう二度と開かないのだから。

「ねえ」

ベッドに近づき、その隣、もといた自分の場所に再び体を沈める。

「好きよ」

すると、大好きな髪の色が視界に蘇った。私の心を離さなかった、柔らかな春の色。

「大好き」

額に、頰に、唇に、次々と唇を落としていく。

向こうに着いたときにでも、話を聞いてほしい。ひとりの少女が恋をして、嘘をつき続け死に抵抗した、もうひとつの物語を。

「愛してる」

君の手を握りしめた。体を襲う倦怠感に身を任せ、瞼を閉じる。

一筋の涙が頬を伝った。それが、最期に理解した熱だった。

主な参考文献

『Newton』二〇一五年一二月号（ニュートンプレス）

本書はフィクションであり、実在の人物および団体とは関係がありません。

僕《ぼく》と君《きみ》の365日《にち》

優衣羽《ゆいは》

2019年3月5日初版発行
2022年11月30日第12刷

発行者……千葉 均
発行所……株式会社ポプラ社
〒102-8519 東京都千代田区麹町4-2-6

フォーマットデザイン 荻窪裕司(bee's knees)
組版・校閲 株式会社鷗来堂
印刷・製本 中央精版印刷株式会社

落丁・乱丁本はお取り替えいたします。

電話(0120-666-553)または、ホームページ(www.poplar.co.jp)のお問い合わせ一覧よりご連絡ください。
※電話の受付時間は、月～金曜日、10時～17時です(祝日・休日は除く)。

ポプラ文庫ピュアフル

ホームページ www.poplar.co.jp

N.D.C.913/287p/15cm
ISBN978-4-591-16257-6
P8111272

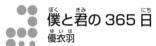